# Mon amie
# d'en France

## Du même auteur:

*Les montres sont molles mais les Temps sont durs,* roman, Éditions Pierre Tisseyre, Montréal, 1988.

*Drames de cœur pour un 2 de pique,* roman pour la jeunesse, collection Conquêtes, Éditions Pierre Tisseyre, Montréal, 1992.

*Le 2 de pique met le paquet,* roman pour la jeunesse, collection Conquêtes, Éditions Pierre Tisseyre, Montréal, 1994.

*Le 2 de pique perd la carte,* roman pour la jeunesse, collection Conquêtes, Éditions Pierre Tisseyre, Montréal, 1995.

*Le mystère de la chambre froide,* roman pour la jeunesse, Éditions Balzac, 1995.

## Dans des ouvrages collectifs:

*Psyraterie en mer des Orgasmes,* nouvelle dans «Meilleur avant 31/12/99», Le Palindrome, Québec, 1987.

*Mariage d'oraison,* nouvelle dans «L'horreur est humaine», Le Palindrome, Québec, 1989.

*Tranche de vie découpée dans la mortadelle de l'angoisse,* nouvelle dans «Les enfants d'Énéide», Éditions Phénix, Bruxelles, 1990.

*Les risques du métier,* nouvelle dans «Saignant ou beurre noir», Prix de la nouvelle policière du Salon du livre de Québec 1992, L'instant même, Québec, 1992.

*La mort dans l'arme,* nouvelle dans «Le Chantauteuil», mention spéciale du jury du concours littéraire du Chantauteuil, Le loup de gouttière, Québec, 1994.

## Nouvelles radiophoniques:

*Passé compliqué,* réalisateur: Raymond Fafard, lecteur: Jean-Louis Millette, Radio-Canada FM, 1985.

*Libido blues,* réalisateur: Raymond Fafard, lecteur: Luc Durand, Radio-Canada FM, 1988.

# NANDO MICHAUD

# Mon amie
# d'en France

*roman*

**ÉDITIONS PIERRE TISSEYRE**
5757, rue Cypihot — Saint-Laurent, Qc, H4S 1R3

La publication de cet ouvrage a été possible grâce aux subventions du Conseil des Arts du Canada et du ministère de la Culture du Québec.

Dépôt légal: 1er trimestre 1996
Bibliothèque nationale du Canada
Bibliothèque nationale du Québec

**Données de catalogage avant publication (Canada)**

Michaud, Nando

Mon amie d'en France: roman

(Collection Conquêtes; 53)

Pour les jeunes.

ISBN 2-89051-609-1

I. Titre.  II. Collection.

PS8576.I243M648   1996   jC843' .54   C95-941480-0
PS9576.I243M648   1996
PZ23.M52Mo   1996

Maquette de la couverture:
Hélène Meunier


Illustration de la couverture:
Romi Caron

# 1 L'AIGREUR EST HUMAINE

**J**ean-Marc, notre prof de géo, a réussi à convaincre le directeur de la poly! À vingt heures pile, nous partons pour Paris.

Je n'arrive pas à y croire! Ce n'est pas dans les habitudes du direc d'autoriser de pareils projets. Le gros Lapointe est plutôt du genre «coulé dans le béton» en ce qui concerne les méthodes d'apprentissage. Cet homme est une sorte de robot programmé pour la surveillance. On dirait qu'il a un disque dur à la place du cerveau. Les

7

règlements de l'école et les directives du ministère de l'Éducation doivent être enregistrés sur ce bidule. Ses yeux sévères, tels des lecteurs informatiques espions, ne cessent de rouler en tous sens. Son but? Vérifier à chaque instant si la réalité est conforme au modèle qu'il s'est cloué dans la caboche.

On ne l'a jamais vu sourire. C'est à croire qu'il croque du citron sans arrêt. En plus, il a les dents rongées par des caries couleur «vieux-steak-haché». Lorsqu'il entrouvre ses lèvres crevassées, on dirait une moitié de *Big Mac* abandonnée sur une table depuis trois semaines.

Ce type suinte la mauvaise humeur; il dégouline l'antipathie; chacun de ses pores transpire le dégoût de vivre. Je parierais qu'il s'endort en lisant les «avis de décès» pour s'assurer une nuit tourmentée et un réveil cafardeux.

Nous ne savons rien de sa vie privée, mais si jamais il est marié, je plains sa pauvre femme. S'il manifeste autant de joie de vivre à la maison qu'à l'école, sa conversation doit être aussi intéressante que la description d'une partie de quilles à la radio.

C'est la cinquième année que je fréquente sa fabrique d'ennui. C'est la cinquième et *dernière* année que j'endure ce

concentré de fiel. Il s'est toujours montré aussi agréable qu'une colique persistante mais, cet automne, il est pire que jamais. Une rumeur circule à l'effet que la commission scolaire serait en train d'enquêter sur son administration (ou devrais-je plutôt dire: son ad-*minus*-tration?).

Ces ragots doivent être fondés. Depuis le début de septembre, de drôles de petits messieurs verdâtres en complet-cravate se promènent dans les couloirs avec des piles de dossiers. On dirait un essaim de gérants de Caisse populaire. Ils ont réquisitionné une salle où des collègues de même couleur s'affairent à additionner des colonnes de chiffres. C'est au tour du direc de subir un contrôle et ça n'arrange pas son humeur.

Quoi qu'il en soit, le prof de géo a réussi à le convaincre et le reste n'a plus d'importance – du moins pour les deux prochaines semaines. Nous serons débarrassés de ce pisse-vinaigre pendant quinze jours. Ça sera toujours ce bout-là d'épargné!

♥

Jean-Marc a eu l'idée de ce projet pendant ses dernières vacances en France. Il a été tellement emballé qu'il a voulu nous faire partager sa passion.

Peu après la rentrée, il a organisé un examen portant sur les connaissances générales. Le genre *Quelques arpents de pièges* en plus costaud. Le groupe qui obtiendrait la meilleure note gagnerait un voyage «pas comme les autres» au pays du pain baguette et du gros rouge!

Jean-Marc a réussi à convaincre le gros Lapointe grâce à un argument très simple. Selon lui, trois cent soixante heures passées en France seront plus riches d'enseignement que quarante-cinq périodes de cours. Comme tout le monde, il sait que la moitié de la classe rêvasse du matin au soir, tandis que la deuxième moitié écoute d'une oreille en bâillant de l'autre.

Il a donc fait valoir que découvrir un pays, expérimenter des façons différentes de vivre, de parler, de manger, forcément, ça déniaise à chaque minute!

Jean-Marc a raison. Dès que j'ai su que j'avais une chance de partir, je me suis documenté sur la France. Il est évident que je n'aurais jamais senti le besoin d'effectuer une telle recherche sans cette motivation.

J'ai eu seize ans au début de l'été, alors je sais que rien n'est gratuit en ce bas monde. Je connais un proverbe américain qui exprime bien cette vérité éternelle: *There is no such thing as a free lunch*. En d'autres mots: on ne donne jamais rien pour rien.

Suivant ce principe, on pouvait prévoir que le directeur allait se réserver une possibilité de chantage. L'astuce est rudimentaire, d'ailleurs. En septembre, on annonce un événement heureux qui aura lieu à la fin de mai – *si vous êtes sages pendant toute l'année*! Et, pendant toute l'année, on brandit des menaces d'annulation à tous propos.

Mais cette fois, la récompense *devait nécessairement* être immédiate. Étant donné la nature du voyage, il ne pouvait commencer après le 30 septembre! Aussi, je n'arrive pas à comprendre pourquoi Lapointe a autorisé le projet. Serait-il en train de se ramollir? A-t-il une idée derrière la tête?

Bien entendu, c'est mon groupe qui a remporté le concours. C'était couru d'avance. Avec Germaine *et* Paul dans nos rangs, les autres n'avaient aucune chance.

Fidèle à lui-même, le direc a cherché à nous affaiblir sous prétexte qu'il fallait équilibrer les forces. À la dernière minute, il a décrété que Jim, le *skin head* de service, devait se joindre à notre équipe. En dépit de ce poids mort, nous avons ridiculisé les prétentions de tous les autres participants!

♥

Paul, c'est mon meilleur ami et on l'a surnommé, à juste titre, Paul-la-bolle. Ce type-là possède deux caractéristiques qui ne peuvent pas passer inaperçues: 1- il sait tout; 2- il traîne un rhume des foins perpétuel.

Faisons un test:

— Paul, quelle est la capitale du Bénin?

Paul-la-bolle sur le ton de la récitation:

— Porto Novo. Jusqu'en 1975, ce pays africain s'appelait le Dahomey. Il s'agit d'une colonie française qui a obtenu son indépendance en 1960. Et si tu veux mon avis, mon vieux, je trouve que «Bénin» est un nom bien «léger» à donner à un territoire où l'on a pratiqué une activité aussi méprisable que la traite des Noirs.

Distribuez des «atchoum» dans ce qui précède et vous obtiendrez une bonne image du type. Une encyclopédie ambulante dont le nez coule!

Il prétend que c'est à la suite de sa première journée à la maternelle qu'il a décidé d'apprendre un maximum de choses. Simplement pour faire grimper ses profs dans les rideaux chaque fois qu'il en a envie.

J'ai réclamé des explications.

— Quand tu fais le débile et que tu es quand même le meilleur de la classe, ça les met doublement en furie.

— Comment ça?

— Parce que ça contredit leur théorie! D'après ce qu'ils voudraient nous faire croire, pour réussir dans la vie il faut être obéissant, docile, bonasse – esclave pour tout dire. Pourtant, ce n'est pas ce qu'on remarque dans le vrai monde. On ne voit pas ça souvent des moutons qui commandent aux loups...

Bizarre de phénomène, ce Paul! Pour avoir la possibilité de dormir pendant les cours, il passe ses nuits le nez dans des livres savants. Et il pète des scores aux examens. Cette façon de procéder ne convient pas à n'importe qui, mais lui, ça lui réussit à merveille.

Ça ne réussirait pas à Jim-le-skin, en tout cas. Celui-là, il est encore plus cruche que trois douzaines de bouteilles d'eau de Javel qui tournent sur des piquets de clôture. Cette brute n'a rien trouvé de plus intelligent à faire dans la vie que de rouler des mécaniques et dessiner des croix gammées un peu partout. Il ne sait même pas d'où vient cet emblème et encore moins ce qu'il signifie. Il ignore que les Nazis ont emprunté la svastika aux Hindous. D'ailleurs, il doit penser que «Nazis», c'est le nom d'un groupe *Heavy Metal*.

Cette ignorance crasse ne m'étonne pas. Quand on a la tête comme un genou, forcément ça rend le cerveau un peu mollet et ça pousse à raisonner avec ses pieds, non?

Mais ce qui m'étonne beaucoup, par ailleurs, c'est que ce triste jojo a toujours de l'argent plein les poches. La provenance de ce fric reste un mystère. Ça sent la combine pas trop catholique.

Quant à Germaine, si j'en juge par les interventions qu'elle fait en classe, je suis sûr qu'elle est aussi calée que Paul. Cependant, je ne la connais pas vraiment. Ce n'est pas que je ne voudrais pas être son ami, bien au contraire! Elle n'est pas seulement intelligente et encore plus cultivée qu'une tomate biologique, elle est belle comme ces tempêtes de neige qui obligent le directeur à fermer la polyvalente pendant quatre jours! Plus belle que ça, tu ne meurs peut-être pas, mais tu fais un peu de température!

Le problème avec Germaine, c'est qu'elle a seize ans, elle aussi. Alors, elle ne s'intéresse qu'aux gars qui en ont dix-neuf ou vingt. Résultat: comme tous les morveux de ma fournée, je suis coincé entre deux impossibilités. Je ne peux pas me résoudre à draguer les petites *flounes* de quatorze ans et celles de mon âge ne veulent rien savoir de moi!

Avec les plus vieilles, ce n'est pas la peine d'en parler! Si seulement je leur adressais la parole, au mieux elles m'offriraient de me changer de couche. De quoi se la peindre en vert et l'exposer dans la vitrine d'une cornichonnerie *casher*! Misère de misère! Quand donc viendra mon tour?!

Maintenant que le sujet est évoqué, aussi bien l'avouer tout cru: les filles me travaillent drôlement depuis trois ans! Malgré les cours de sexologie que j'ai suivis, on n'a pas réussi à me dégoûter de cet étrange désir. Même en redoublant d'astuces, je suis incapable de le faire taire.

J'ai beau essayer de démontrer mentalement le théorème de Pythagore pour me changer les idées, le carré de l'hypoténuse finit par me faire penser à la poitrine de Germaine. J'ai beau tenter d'accorder des participes passés récalcitrants, les compléments d'objet directs me ramènent aux hémisphères sud bien potelés de la prof de français. J'ai beau conjuguer les verbes défectifs à tous les temps, c'est toujours le verbe «j'ai furieusement envie de faire l'amour» qui me revient à l'esprit.

Pour me calmer lorsque l'excitation devient trop forte, j'ai inventé un petit scénario qui met en scène Réal Giguère et Ginette Reno nus dans une baignoire. Peine perdue, les bourrelets fondent par enchantement et j'en arrive à leur trouver un côté érotique. Quoi que je fasse ou pense, l'obsession ne me lâche pas une seconde!

Pourtant, on a mis le paquet pour me dissuader. Des diapositives illustrant les ravages causés par les différentes MTS, j'en ai visionnés je ne sais plus combien de douzaines.

J'ai eu droit aux tribulations de la dame aux chlamydias, aux méfaits de la bande à gono, aux ardeurs chancreuses de Lassie Phylis, aux courses folles de morpions affamés sur une chaude piste percée dans la broussaille des poils pubiens.

J'ai vu en gros plans des régiments de bibites cavalant dans les tubulures génito-urinaires. On m'a montré sous tous les angles comment ces bestioles malfaisantes se reproduisent par milliards et se propagent d'une muqueuse à l'autre.

La guerre des tréponèmes pâles, la guérilla des condylomes acuminés, l'offensive des salpingites aiguës, la bataille des crêtes de coq, l'escarmouche des candidoses, l'attaque sournoise des staphylocoques dorés, les chocs meurtriers du sida, les complots incessants de l'herpès en grappe, **je sais ab-so-lu-ment**

**tout**! Les maladies de l'amour n'ont plus aucun secret pour moi!

Mais, en dépit de ces problèmes de plomberie dont on me menace, le désir ne cesse de croître. Si ça continue, je vais bientôt exploser.

J'en ai parlé à Paul pour savoir ce qu'il en pensait. Il m'a répondu par une question:

— Tu ne te sentais pas comme ça auparavant, n'est-ce pas?

— Ça m'a sauté dessus tout d'un coup aux alentours de treize ans. Je m'en souviens très bien, ça s'est passé un vendredi après-midi vers trois heures et quart. Ça m'a pris comme une fièvre soudaine. Et depuis ce moment, le «mal» progresse à chaque jour.

— Alors, tu n'y peux rien, mon vieux! Ce sont les hormones qui sont responsables de tes émois. Et quand les hormones donnent des ordres, il n'y a rien à faire, mon vieux; il faut obéir. Encore moins traitables que le gros Lapointe, les hormones!

— Les hormones?

— Tes deux petites gonades…

— Gonades?

— Tes testicouilles, imbécile! Elles ont germé comme des graines et elles se sont mises à déverser de la testostérone dans ton sang. Le vicieux liquide s'est insinué jusqu'à ton cerveau et là, mon vieux, il a déclenché une réaction dans l'hypothalamus qui a entraîné que...

— Arrête, je t'en supplie! Tu m'embrouilles avec tes explications à la gomme! Tu veux dire que c'est un phénomène biologique qu'on ne peut maîtriser? Mais que fais-tu de la «force invincible de la volonté» dont on nous parle tant?

Il a eu un haussement d'épaules et il a rétorqué en replongeant le nez dans son livre:

— Essaie donc d'empêcher volontairement tes cheveux de pousser pour voir!

Que répondre à cela?

J'ai quand même insisté:

— Mais toi, comment t'arranges-tu avec tes hormones?

Il a relevé la tête et s'est enflammé.

— Moi, ce n'est pas pareil! Je sublime, moi! Je copule avec la Science, moi! Je fornique avec la Connaissance, moi! Je prends mon pied avec la Culture, moi!

«Vois-tu, mon vieux, je considère ma carcasse comme une misérable excroissance que mon cerveau a fait pousser pour se déplacer! Une prothèse encombrante mais nécessaire... pour le moment. Je ne désespère pas; la prochaine fois, je vais me réincarner en pur esprit! Je vais enfin accéder à la jouissance intellectuelle dans son essence même. Fini la triste obligation de traîner ce paquet de viande putride qui pue la mort!»

Je ne possède malheureusement pas cette capacité d'oublier mon pauvre corps. Alors, un bon jour, j'ai décidé de passer de la lutte farouche contre le désir à la recherche non moins farouche de l'assouvir. Il est temps que je me déniaise. Tout le monde prétend l'avoir déjà *fait*. Je connais des petits culs de quatorze ans qui ne cessent de s'en vanter.

Les cours de sexologie n'ont pas réussi à me dégoûter, mais ils ont atteint leur principal objectif: me faire peur. Aussi, depuis un an et demi, j'ai toujours un préservatif dans ma poche, au cas où. Faut se montrer vigilant, les chansons prétendent que l'amour peut nous tomber dessus à tout moment. Si j'en crois mon expérience, les chansons exagèrent énormément. Malgré cela, j'estime qu'il serait bête de prendre des risques inutiles.

Mais cette précaution me coûte une fortune. L'enveloppe de plastique qui recouvre le condom ne tient pas le coup très longtemps à travers les clés et la monnaie qui encombrent mes poches. Il faut donc que je renouvelle mon stock fréquemment. C'est la septième douzaine que j'achète sans en avoir utilisé un seul. Je déprime rien qu'à y penser!

Enfin... Je ne perds pas courage. La preuve: je m'en suis procuré une huitième douzaine tout à l'heure. Qui sait? Peut-être qu'en France...

♥

Dix-sept heures trente. Nous montons en voiture pour nous rendre à l'aéroport de Mirabel. Ma nervosité atteint des sommets. J'ai la bouche sèche, le souffle court et les oreilles qui bourdonnent, tellement je suis excité.

Pour essayer de me calmer, je récapitule les étapes du voyage.

Un autocar nous prendra en charge à Paris. Nous nous dirigerons ensuite vers la Bourgogne. Nous sommes attendus dans un bled minuscule qui porte le nom de Chambolle-Musigny. C'est un village de vignerons situé entre Beaune et Dijon dans une région qui s'appelle la Côte-de-Nuit.

Les vins produits dans ce petit patelin comptent parmi les plus réputés au monde. Les bouteilles des bonnes années se vendent à prix d'or. Chaque grappe de raisins qui y pousse vaut une petite fortune. Paul m'a même affirmé que les vignerons les mettent en sûreté dans des coffres-forts après la cueillette. Mais là je pense que mon ami me charriait un peu. Faut dire qu'il a une fâcheuse tendance à exagérer.

C'est dans ce célèbre vignoble que, pendant dix jours, nous allons faire les vendanges en compagnie de jeunes Français. Voilà pourquoi il faut que nous soyons sur place avant le 2 octobre. Pour produire des vins de qualité, les raisins doivent être cueillis à une période précise. Trop tôt, ça ne va pas; trop tard, ça ne va plus.

Nous serons rémunérés l'équivalent de quarante-cinq dollars par jour, nourris et logés – «carburant» compris! Ce n'est pas le Pérou, mais on dit que l'ambiance est à la fête. Et puis, ces quatre cents cinquante dollars financeront une bonne partie de notre voyage.

J'ai hâte de voir. En tout cas, ça ne peut pas être plus désagréable que de vendre des calendriers, des «gratteux» ou des tablettes de chocolat de porte en porte. Je sais de quoi je parle, c'est ce que j'ai fait tous les soirs pendant le mois de septembre.

Après les vendanges, nous pourrons aller où bon nous semblera. Cinq jours de liberté totale sur les routes de la vieille France. Paul et moi, on a passé plusieurs heures à consulter des atlas et on s'est tracé un itinéraire pas piqué des vers. Lapointe sera loin et on s'est promis de ne se priver de rien…!

# 2 UN DIREC À LA MÂCHOIRE

**N**ous arrivons à Mirabel deux heures avant le départ. Moi, j'aurais préféré coucher à l'hôtel de l'aéroport hier soir pour être certain de ne pas rater l'avion. Qui sait? Une panne, un accident sur l'autoroute, ça peut arriver à n'importe qui. Mon vieux père pense que je suis en train de capoter!

Je n'ai pas beaucoup dormi la nuit dernière. Pas moyen d'éteindre la lumière dans ma tête. Mon cerveau était en ébullition et les idées tournaient à plein régime.

J'ai passé la journée rien que sur une pinotte à vérifier et contre-vérifier mes bagages. Et là, dans la salle d'attente, je ne tiens plus en place, tellement je suis excité.

L'énervement me compresse la vessie; je suis obligé d'aller aux toilettes à toutes les cinq minutes. C'est à peine si j'expulse trois gouttes timides. Qu'est-ce qui m'arrive? Ma prostate me causerait-elle déjà des misères? Impossible! elle n'a encore servi à rien de sérieux!

Nous passons à la guérite du contrôle de sécurité. Jean-Marc nous a bien prévenus de ne pas faire de plaisanteries mettant en cause bombe, revolver, prise d'otage, détournement d'avion, etc. Les agents ne rigolent pas avec ce genre de farces. Un de ses beaux-frères l'a appris à ses dépens. Il a été immédiatement arrêté et on lui a collé une lourde amende. Et pas question d'embarquer ce jour-là. Finito, les vacances à Acapulco!

Tout le monde a compris le message. Même Jim-le-skin a senti que ce n'était pas le moment de faire le coq.

Après ces formalités, nous montons à bord d'une navette en faisant des bye-bye aux parents. Ceux-ci semblent maintenant plus énervés que nous.

Le transbordeur va se coller comme une sangsue contre le flanc d'un *jumbo jet*. Un camion-citerne s'en détache. Le Boeing me fait penser à un gros insecte repu de kérosène qui vient de se nourrir en tétant la substance d'un plus petit. C'est la vie, quoi!

Nous pénétrons dans l'avion par la porte avant. Wouaou! Il y a de la place pour asseoir du monde, là-dedans! Trois sièges de large de chaque côté et six au centre. Ça doit faire une belle omelette quand ça *crash* à 1000 km/h! On ne doit plus pouvoir faire la différence entre le dentier de mon oncle, les verres de contact de ma tante et les broches du cousin.

Les agents de bord nous installent dans la partie avant de l'appareil. La vue ne saurait être meilleure.

J'attache fébrilement ma ceinture. C'est mon baptême de l'air et je suis tiraillé entre deux sentiments contradictoires: une grande euphorie et une petite peur.

Mais un qui n'est pas beau à voir, c'est mon copain Paul. J'ai la preuve que la Science et la Spéculation Philosophique ne peuvent pas résoudre tous les problèmes de l'existence. Le pauvre passe du vert poireau au blanc suaire, puis au rouge tomate avant de tourner au jaune pipi. Et il recommence aussitôt dans l'autre sens. On dirait un caméléon qui se promène sur une chemise hawaïenne. Il panique à fond la caisse.

Je tente de le raisonner:

— Tu es tellement fort en maths. Tu dois savoir que les statistiques démontrent qu'il est beaucoup moins risqué de voyager en avion que de prendre l'autobus tous les matins.

— Ouais, je sais. Le chauffeur ne peut pas relever d'une brosse, c'est un ordinateur qui tient le manche à balai. Le pilote et le copilote ne sont là que pour mettre la machine en marche. Ensuite, ils font de la figuration souriante pour rassurer les imbéciles.

— Alors?

— Je me fous de tes statistiques, mon vieux! Les raisons qui motivent ma peur sont bien plus subtiles que ça! Elles sont pour ainsi dire d'essence ontologique. Mais ça, tu ne le comprendrais pas.

— Tout juste, Auguste! Aussi, fais comme d'habitude, Gertrude: explique-moi tes angoisses en donnant des exemples!

— Ce zoiseau de ferraille et sa cargaison pèsent plus de quatre cents tonnes. Et ça se maintient dans les airs de la même façon que des skis nautiques glissent à la surface de l'eau: dès que ça n'avance plus, ça s'enfonce. Avoue que tu n'oserais jamais traverser l'Atlantique à bord d'un bateau qui cesse de flotter aussitôt qu'il s'arrête!

— Évidemment, vu de cette façon…

Lorsque tout le monde a pris place, Jean-Marc lève ses mains lourdement chargées de bagues (on dirait qu'il a les doigts boulonnés aux jointures) pour obtenir le silence.

Pas besoin de l'écouter; comme d'habitude il va nous exhorter à faire preuve de maturité, à suivre les directives du personnel de cabine, etc. Je me demande où il a attrapé cette manie de répéter les mêmes évidences. Une clause spéciale dans sa convention collective?

Lorsqu'il termine son sermon, on commence à le chahuter pour mettre de l'ambiance. Mais ça ne dure guère. Une paire d'yeux d'aigle, portée par une tête de buffle montée sur un corps de gorille obèse, nous fige sur place. Lapointe vient d'apparaître au bout d'une allée! Il a en main une petite valise.

*Ah non! La flaque vient avec nous!*

Il promène son regard d'ordinateur espion sur le groupe. Je vois les fiches informatiques défiler une à une dans sa caboche. Déjà, il a identifié les plus turbulents et il comptabilise les punitions à distribuer au retour. Il doit même conserver une copie de sécurité. Ce n'est pas un être humain, c'est un appareil enregistreur bourré de puces indiscrètes! Lorsqu'il tombe malade, il ne va pas à l'hôpital, il passe chez Radio-Shack!

Il s'est mis sur son trente-six pour le voyage! Il porte un complet en polyester à carreaux bleus, verts et mauves délimités par des filets jaune crocus et rose bonbon. Il s'est noué au cou un énorme nœud papillon fleuri qui ressemble à une hélice. Une pochette et des chaussettes de même motif complètent l'ensemble.

Debout derrière une banquette, on dirait un moteur hors-bord monté à l'envers. De toute beauté! Si jamais on s'écrase dans l'océan, même les requins n'en voudront pas. Et c'est lui qu'on va retrouver en premier, c'est certain! Ou alors, il va atteindre la côte sans difficulté grâce au propulseur qu'il s'est fiché entre les troisième et quatrième mentons.

Je me demande bien ce qui a pu, à la dernière minute, le décider à nous accompagner. J'en parle à Paul:

— Crois-tu qu'il a succombé à son besoin de tout surveiller?

— Peut-être. Mais je vois une autre explication: l'enquête des petits hommes verts dans son école le rend malade d'humiliation. Selon moi, il profite de l'occasion pour cacher sa honte pendant un moment.

Quelle qu'en soit la raison, sa présence risque d'assombrir les réjouissances.

— Pourquoi faut-il qu'il y ait toujours quelque chose qui cloche dans tout ce qu'on entreprend?

— Les lois de Murphy, mon vieux!

— Vas-tu arrêter de parler en paraboles! C'est quoi les lois de Murphy?

— C'est simple, mon vieux. Quand ça se met à mal aller, la pire éventualité sera toujours celle qui se produira.

— Par exemple?

— Quand tu laisses tomber une tartine, tu peux parier qu'elle va atterrir sur le côté tartiné. Et si elle atterrit sur le côté tartiné, tu peux encore parier qu'elle va atterrir dans une flaque de boue. Et si elle atterrit dans une flaque de boue, tu peux être certain qu'un tuberculeux aura craché dans la flaque, et ainsi de suite...

— La merde appelle la merde et vice versa, en quelque sorte?

— Tu as tout compris, mon vieux.

— Et l'arrivée du direc, c'est la tartine qui vient de tomber, je présume...

— C'est ça! Pas besoin de chercher ce que sera le côté tartiné! On va s'écraser, mon vieux! On va emboutir les côtes de la verte Irlande! On va exploser en plein vol! On va heurter un Skylab en rupture d'orbite! On va entrer en collision avec un météorite gros comme le Complexe Desjardins! On va être phagocytés par des extraterrestres voraces! On va être détournés par des pirates de l'air impitoyables! Une porte va s'arracher et on va être aspirés par le vide!

«Adieu, mon ami! Je n'ai qu'une consolation: je vais enfin me transformer en pur esprit! Je serai débarrassé de cette misérable enveloppe corporelle qui m'embrouille les idées et qui pue des pieds! Je pourrai enfin connaître l'orgasme intellectuel que je recherche si avidement!»

Il parle en faisant de grands gestes. Il a les yeux fous de terreur. Il ressemble à ces prêcheurs qui vont par les chemins en prédisant la fin du monde... après avoir assuré la vie de leur épouse.

L'avion roule jusqu'à sa position de départ et tourne pour faire face à la piste. Le pilote met alors toute la sauce. Le zoiseau se met à trembler comme un chien qui s'ébroue. Après quelques secondes, on entend les freins qui se relâchent. L'appareil démarre en hésitant, puis fonce à plein tube. La vitesse augmente rapidement. Les feux de balise ne forment plus qu'un rayon continu qui danse à travers les hublots comme sur un écran d'oscilloscope.

Paul-la-bolle est à la veille de défaillir.

— À force de serrer les mâchoires, tu vas t'enfoncer les dents dans le palais! La prochaine fois que tu vas éternuer, tu risques de retrouver tes incisives dans ton mouchoir, mélangées à des substances plus molles et beaucoup moins nobles!

Je plaisante, mais je suis un peu inquiet, moi aussi. Nous devons rouler à plus de deux cents kilomètres à l'heure et ce maudit engin refuse de décoller. J'essaie de me soulever le derrière de mon siège pour me rendre plus léger. Tentative ridicule!

Puis, soudainement, le bruit des roues sur le tarmacadam cesse. Le rugissement des moteurs devient du coup plus sourd. On dirait qu'on balance légèrement sur l'aile et que le nez se relève. Ça y est, nous venons de quitter le sol. L'avion se cabre et fonce vers les étoiles dans un tapage d'enfer.

Nous prenons rapidement de l'altitude. En bas, les maisons ne sont plus que de petits blocs dérisoires, et les routes des spaghetti lumineux ne conduisant nulle part. C'est fou ce que les choses de la terre peuvent paraître sans importance quand on s'approche du ciel...

Lorsque l'avion adopte une trajectoire horizontale, une salve d'«atchoum» indique

que Paul-la-bolle a survécu au décollage.

Heureusement pour ses mastications futures, je n'aperçois rien qui ressemble à de l'ivoire à travers les matières suspectes qu'il projette devant lui. J'en déduis que ses dents ont été épargnées.

Nous n'étions pas les seuls à ressentir de la nervosité. L'événement déclenche un formidable éclat de rire dans l'appareil suivi d'un «à vos souhaits» quasi unanime.

Je dis quasi unanime parce que je suis prêt à parier deux bottes de foin contre une paire de Doc Marten's que Lapointe ne s'est pas départi de sa moue sévère. Ce type-là doit avoir un deuxième foie à la place du cœur. C'est une bile épaisse qui circule dans ses veines! Ça ne doit pas être facile à vivre tous les jours.

Au fond, il est peut-être davantage à plaindre qu'à blâmer, le pauvre? Il est peut-être victime, lui aussi, d'un complot hormonal.

Pendant que l'avion transperce les nuages en rugissant, je me pose deux graves questions:

1– Y a-t-il sur terre un chirurgien capable d'amputer ce malheureux de la glande qui lui distille la mauvaise humeur?

2– Est-ce couvert par l'assurance-maladie?

# 3 FUGUE EN MI...NOUNE MI...NABLE

La traversée s'est effectuée sans histoire. L'avion n'a pas été détourné et n'a pas sombré dans l'océan non plus. Aucun extraterrestre phagocyteur ni météorite percutant. À peine quelques turbulences au-dessus de Terre-Neuve. Pendant quelques minutes, on a eu la désagréable impression que l'appareil glissait sur un tapis de cailloux. On a dû rattacher nos ceintures pour éviter d'aller se péter la tête au plafond. Paul souffrait mille morts.

Bien entendu, la belle Germaine n'a pas laissé passer l'occasion. Elle est assise à côté d'un vieillard d'au moins dix-neuf ans. Elle ne cesse de minauder, de faire du charme et de briller. D'après ce que j'ai compris, le type est un Américain de Plattsburgh. Il va étudier le français à la Sorbonne, *because* le grand nombre de Québécois qui magasinent aux États-Unis. Je bave de jalousie.

Après un moment, j'en ai eu assez de les entendre roucouler. Ma voix intérieure m'a soufflé: «Secoue-toi un peu les puces, à la fin! Tu ne peux pas passer ta vie à envier les autres!»

Alors, j'ai voulu écouter de la musique pour faire taire cette jalousie stupide. En cherchant mon walkman dans mon sac de voyage, j'ai découvert une neuvième douzaine de condoms dans ma trousse de toilette! Accompagnée d'un mode d'emploi illustré de dessins explicites. J'ai reconnu la «patte» de ma mère.

Cette trouvaille m'a fait me sentir un peu plus mature. Mais un peu plus sûr de moi, ça, il faudrait voir...

♥

Le direc ne nous a pas importunés pendant la traversée. Il s'est endormi après le départ et il a ronflé jusqu'à Paris. On aurait dit une symphonie de camions de cinquante tonnes qui reculent dans un tunnel. La mâchoire décrochée, il bavait sur les revers de son *coat* en prélart. Heureusement, avec ce sous-produit du pétrole, il suffit d'un coup de torchon et ça brille comme un sou neuf. Dans les cas de dégâts importants, ça peut aussi se nettoyer avec un boyau d'arrosage et du détergent pour laver les voitures. Ça peut même se replâtrer et se repeindre! Avec un costard de cette qualité, un type peut passer de la graduation à la retraite sans problème!

♥

Après sept heures de coucou, deux *TV diners* dégueulasses et un film con comme la lune, nous arrivons en vue de l'aéroport Charles-de-Gaulle. Il est neuf heures du matin. Bizarre! En volant vers l'est, nous avons enjambé la nuit sans nous en rendre compte.

L'atterrissage est encore plus éprouvant pour Paul-la-bolle que le décollage. Je ne suis pas gros dans ma culotte, moi aussi. Le plancher des vaches remonte trop rapidement à mon goût. Il faudrait que l'ordinateur songe à mettre les freins. J'espère que l'équipage n'a pas détourné l'attention de la machine en lui proposant un de ces problèmes de tic-tac-toc insolubles…

**Patlanggg**! Ça doit être le train d'atterrissage qui sort du ventre de l'appareil. La piste approche à toute vitesse. Une légère secousse, un bruit mécanique; les roues arrière viennent de toucher le sol. Aussitôt, les passagers se mettent à applaudir. Mon copain reste écrasé dans son siège, terrorisé à l'extrême. Il tient les deux accoudoirs comme s'il voulait les arracher de leur base.

— Bande de niaiseux! Ils se croient en sécurité alors qu'on roule à trois cents kilomètres à l'heure. Et cela dans un aéroport où se posent et décollent à chaque minute quatre ou cinq de ces foutues lampes à souder. C'est précisément à ce moment que la plupart des accidents se produisent.

Les formalités de la douane sont rapidement expédiées. Nous récupérons nos bagages et nous montons à bord de l'autocar qui doit nous conduire en Bourgogne.

À l'extérieur, Jean-Marc discute avec Lapointe. On ne les entend pas, mais les mimiques sont éloquentes. Le prof de géo sort une enveloppe épaisse de son sac à main et la remet à l'autre. Le direc la fourre dans sa valise, hèle un taxi et disparaît. Ce départ soulève un concert de hourras! tonitruants.

— Monsieur Lapointe nous rejoindra demain par le TGV, dit Jean-Marc en cachant mal un sourire de satisfaction.

Il ne reste plus qu'à souhaiter à la flaque une grève des chemins de fer, un déraillement meurtrier, une collision fatale, une crise cardiaque funeste, un kidnapping sanglant, un sabotage au plastic, des bricoles de ce genre.

Mais Lapointe n'a pas pu s'empêcher de nous faire une de ces vacheries dont il a le secret. Cette enveloppe que lui a remis Jean-Marc contient nos billets de retour. Ce geste ne lui rapportera rien, pourtant. Ça doit être un effet secondaire de ce qu'on appelle la soif du pouvoir, le désir de dominer, le besoin de se sentir puissant.

Évidemment, Paul a son idée là-dessus également:

— Il essaie encore de compenser l'humiliation que les petits hommes verts lui ont fait subir.

♥

Nous contournons Paris par le boulevard périphérique. Dommage; j'aurais aimé traverser le cœur de cette Ville Lumière qu'on dit débordante d'histoire.

La circulation est démentielle. Ça roule pare-chocs à pare-chocs à des vitesses folles. On dirait des trains de voitures et de camions qui avancent en parallèle. L'ensemble freine ou accélère en même temps, comme des serpents qui s'étirent et qui se raboudinent à l'unisson. Le trafic sur le Métropolitain à Montréal, en comparaison, ressemble à une course de colimaçons bourrés de somnifères.

Nous atteignons rapidement l'autoroute A6 qui descend vers Marseille. Ici aussi, ça roule plus vite que chez nous. La vitesse est limitée à 130 km/h et, bien entendu, toutes les voitures foncent à au moins 150. Ça doit faire du propre quand il se produit un carambolage.

Malgré l'excitation de l'arrivée, la marmaille s'est endormie. Le décalage horaire fait effet. J'ai beau vouloir ne rien manquer de la campagne française, je finis par sombrer dans le sommeil, moi aussi.

♥

Je sors des vapes. Un panneau annonce la sortie pour Avallon à deux kilomètres en avant. Je consulte l'atlas de poche que j'ai apporté. Il reste encore une centaine de kilomètres à franchir avant d'arriver à Chambolle-Musigny.

Paul est réveillé. Il est en train de lire un gros bouquin relié en cuir rouge bourgogne. Le titre: *Traité d'œnologie*.

— Qu'est-ce que c'est cette bibite-là? Pas une nouvelle MTS, j'espère!

— Gnochon inculte! Paltoquet sans culture! Lamentable nigaud! Incommensurable crétin! Dégénéré congénital! Larve trisomique! Imbécile à turbine! Débile profond! Taré définitif! Nouille trop cuite! Indécrottable abruti!

— Holà! Respire un peu par les trous de nez, tu vas t'étouffer, Roger! Ça veut dire quoi, *œnologie*?

— Ça vient des mots grecs «oinos», vin, et «logia», théorie. C'est un bouquin qui traite des techniques de fabrication et de conservation du vin. Je veux être en mesure de discuter d'égal à égal avec les vignerons.

Comme dit mon grand-père qui est cultivateur dans la Beauce, il ne dételle pas facilement, celui-là!

♥

Nous sortons à Avallon pour manger. Avaler à Avallon! Ce n'est pas possible, le chauffeur a dû le faire exprès.

La ville est construite sur un pic rocheux qui surplombe une plaine vallonnée. La route monte en lacet vers les fortifications qui se dressent au bord de la falaise.

Nous entrons dans la cité par une porte étroite surmontée d'une tour flanquée d'une grosse horloge très ancienne. Elle ne fonctionne pas aux cristaux liquides, ça c'est sûr!

Je suis frappé par les petites rues recouvertes de pavés et par la vieille pierre omniprésente. Nous passons notamment devant une église qui a l'air de dater des Croisades. Avant que j'aie le temps de poser la question, la réponse fuse:

— Église Saint-Lazarre, style roman bourguignon, début du XIIᵉ siècle. Construite d'après les plans des architectes de Cluny sur les fondations d'un édifice qui remonterait au IXᵉ siècle.

— …?

— Je n'ai aucun mérite, c'est écrit en toutes lettres dans le guide Michelin. C'est comme le reste, mon vieux: pour tout connaître, il suffit de savoir lire!

Début du XIIe siècle! Presque neuf cents ans que cette église se tient debout! Les pauvres gens qui l'ont construite l'ont fait à bout de bras, pierre par pierre. Sans autres outils que le marteau, le ciseau, la scie et une foi indéfectible.

Presque en transe, Paul dit:

— Quand on pense qu'ils vivaient entassés dans des chaumières qui prenaient l'eau comme des paniers. Pourquoi, alors, s'acharnaient-ils à fabriquer ces palais dont l'utilité n'est pas évidente? Qu'est-ce qui pouvait les motiver? Avec qui cherchaient-ils à communiquer en érigeant de pareils monuments?

— Le moins qu'on puisse dire, en tout cas, c'est qu'ils voyaient loin!

Autour de l'église, c'est la même chose. Ça sent bon la patine du temps; ça flaire doux l'histoire ancienne.

Je fonds d'émotion devant cette architecture qui m'apparaît comme la mémoire de la civilisation dont la nôtre est issue. Sans elle, nous ne serions pas ce que nous sommes. Nous ne serions que de vagues projets flottant dans le néant des âges. Ces témoignages de pierre en disent long sur l'acharnement des humains à durer, à laisser des traces en dépit de la brièveté de l'existence.

— Ça ne ressemble pas beaucoup à nos villes, hein, mon vieux? dit Paul en soupirant.

Nous entrons dans un petit restaurant. L'exiguïté des lieux et l'âge des choses nous frappent encore. Les tables sont serrées les unes contre les autres et les parquets sont marqués par les morsures du temps. L'ambiance est sympathique et le personnel est amusé par notre accent. Le repas se déroule comme un joyeux banquet!

♥

Paul et moi sortons du restaurant les premiers. Nous avons bu du vin et nous sommes légèrement pompettes. Il fait un bel après-midi de début d'automne. Un climat propice à la fête. Nous nous sentons euphoriques, prêts à commettre les pires folies. Après tout, nous sommes jeunes, la vie est belle et notre désir ne connaît pas de bornes!

Nous remarquons une vieille minoune, genre fourgonnette de livraison, parquée devant l'église Saint-Lazarre. Il s'agit d'une Estafette Renault. Ça ressemble à une sorte d'*Econoline* en modèle réduit. Il y a des jeunes autour – deux gars et trois filles – qui sont en train de bouffer des sandwichs en riant comme des malades.

Nous nous approchons, intrigués. Ils ont l'air de tellement s'amuser que ça devient contagieux. Nous avons envie de participer à leur joie, d'en prendre un morceau. La fatigue du voyage et le vin nous ont rendus insouciants et désireux de rigoler. Et puis, nous sommes en France pour rencontrer des Français, après tout. Sans compter que les trois filles semblent avoir de très jolis «carrés de l'hypoténuse» bien balancés par des «compléments d'objet directs» charnus là où il le faut. Allons-y donc!

Paul emprunte un accent un peu plus pointu qu'à l'ordinaire et lance:

— Salut tout le monde! Voilà, lui c'est Éric; et moi, c'est Paul.

La bande se tait. On nous regarde avec un étonnement mêlé de curiosité.

Paul enchaîne:

— On est Québécois. Notre avion s'est posé à Paris ce matin. On est venus en France pour faire les vendanges et visiter le pays.

Ils restent surpris. Comme les serveurs tout à l'heure au restaurant, notre accent les déconcerte quelque peu. Après un moment de flottement, il y en a un qui s'avance en tendant la main.

— Ça tombe bien, les mecs! nous allons aux vendanges nous aussi. Je m'appelle Yannick. Elle, Laurence; lui, Bertrand; elle, Dorothée et elle, Sandrine. Allez! on s'en serre cinq.

En touchant la main de la dernière nommée, une décharge d'électricité statique me brûle le bout de l'index. Dieu qu'elle est belle! Du coup, je suis persuadé que j'étais déjà amoureux d'elle avant même de la connaître. Nous étions comme les bornes d'une même pile séparées par cinq mille kilomètres d'électrolyte. Le destin vient de mettre le contact…

— Et vous allez où pour les vendanges? poursuit Yannick.

— À Chambolle-Musigny.

— Sans blague! Le monde est petit ou alors le hasard est vachement grand! Et chez quel vigneron?

— Chez un certain monsieur Brissac.

— Putain! c'est trop drôle! C'est précisément là où nous allons, nous aussi. Montez avec nous! C'est pas tous les jours qu'on rencontre des Québécois. Comment dites-vous, déjà? Québécouais? C'est ça?

— Pas mal pour un premier essai, mais il faudra que tu t'entraînes, mon vieux. Tu vois, moi, ça fait déjà seize ans que je répète sans arrêt et parfois je me trompe. Cet accent est si complexe que seulement six millions de personnes sur la planète sont capables de le reproduire.

Tout le monde éclate de rire.

— Et rigolos, en plus! Allez! pas d'histoire, les mecs; allez, on vous embarque! Nous sommes sûrement de la même race de crâneurs!

Paul me regarde avec un sourire en coin et en se grattant le derrière de l'oreille. Je le connais depuis si longtemps, je sais ce que ça veut dire. Le pacte se conclut par un clin d'œil et une tape dans le dos.

— Attendez-nous une minute. Le temps de régler un problème de conscience et nous revenons.

Jean-Marc et les autres sont encore dans le restaurant. Nous laissons la note suivante dans l'autocar sur le siège occupé par le prof.

*Continuez sans nous! T'inquiète pas Jean-Marc, nous sommes en excellente compagnie. Nous irons vous rejoindre chez M. Brissac. Nous ne fuguons pas; la preuve, nous vous laissons nos bagages. Nous arriverons peut-être à Chambolle-Musigny avant vous. Bonne route!*

*Paul et Éric*

Il est certain que si on avait pris la peine de lui demander la permission, Jean-Marc n'aurait jamais accepté de nous laisser partir avec ces joyeux lurons. Faut dire qu'ils ont l'air un peu voyou sur les bords. Mais peut-être qu'ils pensent la même chose de nous, allez savoir? J'ignore pourquoi, mais la conviction que les inconnus sont affligés des pires défauts est fort répandue sur terre.

Le prof va chialer jusqu'à s'en péter les tripes, mais tant pis! Il faudra bien qu'il finisse par se calmer. Pourvu qu'il ne fasse pas l'erreur de nous dénoncer au gros gorille à transistors. Mais je ne crois pas qu'il en aura l'audace. Il risquerait de s'attirer des ennuis lui aussi. Il est responsable de nous, après tout...

# 4 UNE HISTOIRE (V)IGNOBLE

**N**ous retournons à la vieille Estafette en courant. Ça urge, le reste de la bande déferle du restaurant. Jean-Marc ferme la marche pour s'assurer que le troupeau est complet.

Nous montons à l'arrière en vitesse. Un matelas mince, mais néanmoins crevé, recouvre le plancher. Sandrine, Dorothée et Bertrand sont déjà assis dessus. Ils se poussent pour nous faire un peu de place. On arrive à peine à refermer la portière. De

47

toute évidence, le voyage ne se fera pas en première classe.

— Fonce, Alphonse! dit Paul. L'adjudant ne doit pas nous voir à bord de ton épave! Parano comme je le connais, il va croire qu'on a été kidnappés.

— Larguez les amarres! Carguez la grande voile! Bordez le petit foc! Fermez les écoutilles! Levez l'ancre! Barre à tribord, toute! rétorque Yannick en relâchant la pédale d'embrayage et en écrasant l'accélérateur dans le tapis.

Le moteur s'emballe en crachant de la vaisselle cassée, tandis que l'ensemble de la minoune se contente de trembloter sur place de toutes ses pièces. On dirait qu'elle est montée sur des marteaux-piqueurs en plein délire.

— Allez, cocotte! tu peux le faire encore une fois! Allez, avance, ma vieille!

Après d'interminables secondes, l'Estafette cesse de frissonner et démarre cahin-caha en laissant derrière elle un nuage d'huile mal brûlée.

À travers l'épaisse fumée noire, j'aperçois Jean-Marc qui fait le décompte de sa marmaille. Il semble intrigué par l'Estafette déglinguée qui s'engage sous la porte de la grosse horloge. S'il nous a vu y monter, il est capable d'alerter la gendarmerie.

Mon cœur se serre. Ça s'est déroulé si vite. J'espère que nous n'aurons pas à nous en mordre les pouces...

Ces joyeux drilles sont peut-être des romanichels qui vont nous vendre à des agents d'une lointaine contrée. Nous serons livrés à la débauche de maharadjahs bouffis avant d'être réduits en esclavage dans des mines de salpêtre insalubres. À vingt ans, nous serons des vieillards aveugles, la peau rongée par des sels corrosifs. Nous allons payer cher notre témérité. Je regrette déjà notre escapade.

Je suis si intimidé que je n'ai pas ouvert la bouche. Je suis assis à l'indienne, coincé entre Sandrine et Dorothée. La fourgonnette balance fortement sur sa suspension. Parfois un «carré de l'hypoténuse» vagabond ou un «complément d'objet direct» bouillant me frôle. En dépit des tissus qui s'interposent, à chaque contact je ressens une brûlure cuisante qui me parcourt le corps. J'ai l'impression qu'on me branche, débranche et rebranche les oreilles sur du 550 volts! Je ne sais plus où me caser la viande. Je voudrais me faire petit, petit.

Sandrine me regarde du coin de l'œil en souriant d'une drôle de façon. Je donnerais n'importe quoi pour disparaître sous le matelas. Si au moins elle était laide... Mais, non! Vénus à côté, c'est la chienne à Jacques au lendemain de son deux cent quatre-vingt-dix-huitième anniversaire.

Je caressais des espoirs fous en venant en France, mais je n'aurais jamais cru que les événements allaient se précipiter ainsi. J'ai un peu peur de ce qui va s'ensuivre... Toujours cette trouille insensée qui me laboure les entrailles.

Sandrine se tourne vers Paul.

— Il est mignon ton copain Éric, mais il n'est pas très causant.

Je rougis de la plante des pieds jusqu'à la racines des cheveux. Mon sang frise le point d'ébullition. En dedans de moi, par contre, je défrise à la vitesse grand V. J'ai l'impression que mes tripes se désentortillent. Gros problèmes de tubulures à l'horizon... Va bientôt y avoir de la tripe en folie dans la fourgonnette!

— C'est un tendre, explique Paul. Et, comme tous les tendres, il est timide. C'est connu, ce sont les gens qui ont le plus besoin d'affection qui éprouvent le plus de difficultés à en obtenir. On peut voir ça aussi comme un excès de pudeur.

De quoi il se mêle, celui-là? Il ne va pas se mettre à délirer comme un psychologue de polyvalente, maintenant! La Science, le Savoir, la Spéculation Philosophique, je veux bien le laisser tripper là-dessus si ça lui chante; mais je ne l'autorise pas – ni lui ni personne! – à essayer de me comprendre!

Je refuse d'être un cas à étudier! Je n'admets pas qu'on cherche à m'ausculter l'âme, à me fouiller le subconscient! Je suis et je tiens à demeurer une énigme! Je réclame le droit au secret, à la complexité! Que les différents modèles de vampires du cerveau se le tiennent pour dit: ma tête et son contenu sont des domaines privés! Chasse gardée! c'est clair?

Sandrine continue de me détailler avec insistance.

— Timide, dis-tu? Dommage!

Elle s'adresse ensuite à Dorothée.

— T'as vu cette paire de quinquets émeraude qui lui illumine la tronche? Une vraie gueule de tombeur comme au cinoche. Il ne doit pas s'embêter tous les jours, le mec! Les nanas de son patelin doivent se l'arracher! Et ces lèvres pulpeuses! Je parierais qu'elles goûtent la fraise. Je lui roulerais bien une galoche baveuse sans me faire prier!

«Rouler une galoche baveuse»? Je ne connais pas cette expression, mais elle est assez imagée et le contexte est assez éloquent pour que j'en saisisse le sens général... et particulier.

Que m'arrive-t-il? Cette fille semble avoir au moins dix-huit ans! Qu'est-ce qui lui prend de me faire du plat de cette façon? C'est une allumeuse, ou quoi? J'ai envie de lui dire: «Attention, ma vieille! Tu ne soupçonnes pas quel incendie tu peux déclencher! Quant aux nanas de mon patelin, si seulement tu savais... » Mais, bien sûr, tout ça se coince en moi. Je me sens gonfler comme un autocuiseur surchauffé.

L'Estafette dévale la colline d'Avallon en toussotant et en crachant l'huile. Nous nous dirigeons plein sud en suivant une rivière qui s'appelle le Cousin. Drôle de nom pour un cours d'eau! Une rivière de «timononcle», probablement...

— Tu ne prends pas l'autoroute? demande Paul.

— Pas assez d'oseille, explique Yannick. De toute façon, qu'est-ce que ça donnerait? Si je dépasse les 80, ma bagnole va glavioter ses engrenages aux quatre coins de la vieille Europe. Et vous verrez que c'est beaucoup plus bath sur la Nationale 6. Ça va vous permettre de mater la France de plus près.

Nous traversons plusieurs petites villes aux noms charmants: Saulieu et Arnay-le-duc, entre autres. Partout, on aperçoit des monuments datant du Moyen Âge. Et, tout autour de ces édifices séculaires, collées frileusement les unes contre les autres, des maisons de pierre. Elles pourraient paraître austères, mais leur toiture orange, faites de tuiles en terre cuite, leur donne un air guilleret. Le dépaysement est total. Je ne cesse de me tourner la tête en tous sens. Je n'ai pas assez d'yeux pour tout voir.

À Arnay-le-duc, nous piquons une diagonale sud-est par la Départementale 970. Yannick explique qu'il prend un raccourci à travers le vignoble.

Une dizaine de kilomètres plus loin, à Bligny-sur-Ouche, nous traversons une rivière qui s'appelle l'Ouche, justement. Ce nom, qui suggère l'ambiguïté, ne me dit rien qui vaille. De l'autre côté du village, nous bifurquons sur la Départementale 104 qui se dirige franc est. Cette route est juste assez large pour laisser passer la fourgonnette.

Nous franchissons un viaduc qui enjambe l'autoroute du Sud. Cela ramène Jean-Marc et le fâcheux Lapointe à mon souvenir. Je souhaite de tout cœur que nous n'aurons pas d'ennuis et que nous arriverons à Chambolle-Musigny à temps.

La route serpente à travers ce qu'on appelle ici une forêt. On lui a même donné un nom: *la forêt du Maître*. Le sous-bois est propre et bien rangé. Je parierais que chacun des arbres est numéroté et possède une fiche «personnelle» de croissance à la préfecture.

La pente devient plus raide. La vieille minoune peine et râle de tous ses pistons. Nous atteignons un village construit à flanc de colline. Il pourrait difficilement passer pour la métropole de la Bourgogne. À l'entrée, il y a un panneau qui indique: *Crépey, 163 habitants.* Qu'est-ce qu'ils font lors d'une naissance ou d'un décès? Sans doute que le maire a la tâche de changer le dernier chiffre.

Nous traversons le bourg en dix secondes. Paul ne peut s'empêcher de commettre un de ces jeux de mots stupides dont il est friand.

— Crépey-le-Chignon, ses batailles, ses coiffeurs, ses moumoutes!

La route continue de monter comme dans le visage d'un singe. L'Estafette avance à pas de tortue en émettant des bruits de mécanique exténuée. L'aiguille qui indique la température du moteur monte, elle aussi.

Nous atteignons enfin le sommet. La route zigzague maintenant vers le fond d'une vallée ondoyante. La vigne s'y étend à perte de vue. Cela forme un patchwork irrégulier. Comme une courtepointe de grand-mère qui épouse le contour arrondi des collines. Je me sens déjà un peu mieux.

Partout c'est vert, mais chaque enclos présente une teinte particulière. Paul prétend que c'est à cause des différents cépages. Chacun possède sa couleur propre. Les pinots, les chardonnays, les gamays, les grenaches, les aligotés, il en parle comme s'il avait passé sa vie à discuter de raisins.

Les champs ne sont pas délimités par des clôtures de broche comme chez nous. Des rangées de pierres empilées les unes sur les autres forment des parapets d'un mètre de haut. Les années – que dis-je? les siècles! – de travail qu'il y a là-dedans, c'est inimaginable!

Ce paysage paisible me redonne confiance. J'ai cessé de croire à l'hypothèse ridicule de l'enlèvement perpétré à l'aide d'une opération-charme. Nous avons fait les premiers pas, après tout. Je suis persuadé que nos nouveaux amis sont corrects. Ce que je peux être débile, parfois!

La nuit va bientôt tomber. Il est six heures mais, pour mon horloge biologique, il n'est que midi. Ça fait à peine seize heures que nous avons quitté Mirabel et nous voilà déjà rendus au milieu de la France avec cinq jeunes Français super sympas. On n'arrête pas le progrès (et sous quelle inculpation, d'ailleurs?)!

Tout ce que j'ai emmagasiné dans ma tête depuis le départ, je n'aurais jamais réussi à l'apprendre, même pendant trois longs mois de cours intensifs! On a raison d'affirmer que les voyages forment la jeunesse.

Mais pourquoi ne voyage-t-on pas plus souvent, alors? Je suis paré à faire le tour de la Terre, moi! Et s'il se présente des possibilités pour les autres planètes, les autres galaxies, je suis partant! À moi, la Grande Ourse! À moi le Nuage de Magellan! À moi Arcturus! À moi, le cosmos! À moi l'univers tout entier! Et s'il est possible d'en sortir, je suis prêt à tenter le coup!

Paul est en train de parler du Québec. Il leur en met plein les oreilles: la neige immaculée, le froid atrocement glacial mais si vivifiant, les grands espaces indomptés, la nature sauvage, les millions de lacs et de rivières, la chasse, la pêche, le majestueux Saint-Laurent. S'il continue, il va leur sortir la cabane-au-Canada et les Indiens-à-plumes si chers aux Français. À l'entendre, on croirait vivre dans un paradis naturel, presque la forêt vierge, une sorte d'Amazonie nordique.

Pourtant, notre banlieue n'a pas grand-chose à voir avec la nature sauvage. Ce coin de pays ressemblerait davantage à une plantation de bungalows. Les dimanches matins d'été, elle est hantée par des meutes de tondeuses à gazons sanguinaires. En fin d'après-midi, ce sont les redoutables barbekious puants qui rôdent en hordes affamées en cherchant à croquer les tits-nenfants qui s'aventurent hors de leurs carrés de sable.

J'ai peine à me retenir pour ne pas pouffer de rire en l'écoutant proférer ses impossibles mensonges. Il est en train de leur raconter, en conservant un sérieux de pape, que nous allons à l'école en raquettes et que la dite école est en bois rond.

Lorsqu'il affirme qu'il faut se méfier des ours polaires qui arpentent la banquise derrière nos cabanes, la tuile nous tombe dessus! Comme si elle voulait protester devant les énormités de Paul, l'Estafette se met à roter en avançant par à-coups. Une épaisse boucane blanche envahit l'intérieur de la bagnole.

— Stoppe! hurle Bertrand, on va tous crever étouffés.

Nous descendons en catastrophe. Il y a tellement de fumée autour de l'engin que j'ai l'impression de faire de la figuration dans un clip *heavy metal* réalisé par un imbécile.

— Bordel de merde! jure Yannick. Le radiateur s'est vidé de son jus, j'en parierais

ma liquette, mon falzar, mon slip et ma qué-
quette avec, tiens!

— Va falloir attendre que ça refroidisse
avant de tenter quoi que ce soit.

La nuit est presque tombée. D'un côté
de la route, le vignoble; de l'autre, un petit
ruisseau bordé d'arbres qui coule au pied
d'une falaise. Avec la noirceur qui s'insinue
entre les choses, le paysage prend une allure mystérieuse.

— Qu'est-ce qu'on fabrique? demande
Dorothée. On pourrait se rendre à pince jusqu'au prochain bled. On y trouvera de l'aide.

— Le prochain bled, il est à au moins dix
kils, objecte Sandrine. Vaut mieux attendre
qu'un plouk se pointe.

— Des plouks, il n'en passe pas lerche
dans ce coinceteau perdu. Ils sont déjà tous
au pieu avec bobonne à l'heure qu'il est.

— Eh bien! il n'y a qu'une solution: on
va camper ici en attendant qu'un cul-terreux
radine. Le coin est charmant, non?

Ouais, voilà qui dérange un peu nos
plans, à Paul et à moi. Jean-Marc va s'in-
quiéter salement. Sûr qu'il n'appréciera pas
la plaisanterie. Il faut arriver à Chambolle-
Musigny avant que le gros Lapointe ne des-
cende du TGV demain matin. Autrement,
on sera bons pour le centre d'accueil à per-
pétuité au retour.

— On a des sleepings, une pop-tente et de quoi gueuletonner un bon coup. Il fait beau, l'endroit est sympa; on va s'installer pour la nuit. Demain, on trouvera bien un moyen de colmater la brèche de ce foutu radiateur.

— Ouais, mais nous, on n'a rien. Nos bagages sont restés dans le car.

— Pas de panique! On va se démerdouiller avec les moyens du bord. Laurence et moi, on va pioncer dans la tente. En vous serrant un peu, vous pourrez tenir à cinq dans la bagnole. Il suffira de concevoir l'exercice comme une sorte de rapprochement franco-québécouais! Mais avant tout, il faut bouffer; j'ai les crocs, moi! Allez, hop!

Le bivouac s'organise. Yannick étend une nappe au milieu d'une petite clairière au bord du ruisseau et y dépose des ustensiles. Laurence va cueillir quelques grappes de raisins dans le vignoble pour le dessert. Sandrine allume un camping-gaz tandis que Bertrand et Dorothée sortent des victuailles des sacs à dos. Pendant ce temps, Paul et moi, on ramasse des morceaux de bois mort pour faire un feu de camp.

Paul me souffle à l'oreille:

— Tâche de te rappeler tes étés chez les scouts, mon vieux! Si jamais on rate l'allumage, notre réputation de coureurs des bois va en prendre un coup.

Nous voilà prêts à bouffer. L'ambiance est agréable, mais je suis mort de fatigue. Je n'ai presque pas dormi depuis deux jours. Il faut que je me couche, autrement je vais m'effondrer. Je me contente de croquer un morceau de pain.

— Excusez-moi, dis-je, mais je n'en peux plus. Bon appétit quand même!

Je me glisse à l'intérieur de l'Estafette et je m'allonge sur le matelas entre deux sleepings. Malgré les éclats de rire qui fusent à l'extérieur, je sombre dans un sommeil de plomb.

♥

Je me réveille au milieu de la nuit. Ce n'est pas dans mes habitudes. Effet du décalage horaire, sans doute.

Sandrine roupille couchée en chien de fusil à ma droite. Dorothée en fait autant à ma gauche. Paul et Bertrand ronflent à l'avant, recroquevillés sur les banquettes.

Ai-je vraiment dormi pendant tout ce temps, pris en sandwich entre les deux plus belles filles du monde? Et je ne m'en suis

même pas rendu compte? Est-ce possible?
J'ai dormi! Dormi comme un pauvre imbécile! Dormi comme un enfant! Pire: j'ai
dormi comme un enfant de chœur! un
eunuque! un ange! un mort! un fossile! un
veilleur de nuit! J'ai dormi comme un tas de
roches, une bouse de vache, une clé à mo-
lette, un juge de la cour suprême, un cimetière d'autos! J'ai dormi comme dorment
depuis des siècles les pyramides au milieu du
désert!

Mais là, je suis *excessivement* réveillé.
Cette chaleur parfumée de musc qui émane
des dormeuses me trouble. Elles respirent
longuement et profondément. Leurs «carrés
de l'hypoténuse» se soulèvent et m'effleu-
rent à tour de rôle, comme si elles s'étaient
synchronisées avant de s'endormir. Je ressens cela comme une caresse ondulante qui
m'enveloppe, m'enfièvre, m'enivre.

Sandrine bouge dans son sommeil et
son «complément d'objet direct» vient se loger au creux de mon ventre en se tortillant
pour s'y creuser une place. Mes idées s'em-
brouillent. Mon cœur s'emballe. Je n'arrive
plus à maintenir mon souffle à un rythme
normal. Je perds tout sens critique. Un désir indomptable se gonfle en moi.

*Ce sont les hormones qui attaquent
sur tous les fronts, c'est certain!*

Je suis dans un tel état d'excitation que cet argument me satisfait. Je suis disposé à abandonner la lutte. Paul ne m'a-t-il pas démontré que, de toute façon, je ne pouvais pas résister?

Un sursaut de lucidité vient pourtant me dire qu'il n'est pas logique de justifier des gestes déraisonnables par des arguments rationnels. Ce n'est pas plus valable que d'additionner des pommes avec des oranges.

Je suppose qu'une giclée supplémentaire d'hormones vient réduire en charpie ce dernier raisonnement, car mon trouble s'amplifie. Je suis brutalement ramené à Sandrine et au désir brûlant qu'elle m'inspire. Pomme, orange, jus de tomate, gâteau au chocolat, casquette de rappeur, je suis prêt à additionner n'importe quoi avec n'importe qui et vice versa. Ça y est, voilà que je délire, maintenant!

La pulsion se fait de plus en plus insistante. Je me sens comme un automate sous influence. Comme ces petites voitures électriques qu'on dirige à distance. Mes hormones sont en train de s'amuser avec les boutons de la télécommande…

Je suis quand même pris d'un doute. Malgré ses taquineries et ses œillades de l'après-midi, Sandrine n'a peut-être pas envie de faire l'amour avec moi. Peut-être qu'elle voulait seulement se payer ma tête.

De quoi vais-je avoir l'air si elle m'envoie sur les roses? Peut-être que cette rebuffade va me traumatiser pour le reste de ma chienne de vie? Je n'oserai plus jamais tenter la moindre démarche amoureuse. Je vais attendre qu'on m'écrive par courrier recommandé, qu'on vienne en délégation pour me supplier, qu'on m'envoie les huissiers, la police des mœurs, les pompiers volontaires, la brigade anti-émeute, les Casques bleus, les Gardes rouges, les Bérets blancs, les Black Panthers...

Et même si Sandrine était d'accord, comment procéder pour parvenir sans heurts à mes fins? Cet aspect-là de l'affaire a été escamoté pendant mes cours de sexologie. On m'a abondamment parlé des microbes, mais on s'est montré très discret à propos de la tendresse. On s'en est tenu à des généralités pas trop compromettantes du genre: amour, générosité, don de soi.

Mais je veux bien me donner, moi! Je n'attends même que ça! Dix kilos, par-ci; vingt kilos, par-là. Au grand complet, si on insiste un tant soit peu! Mais encore faut-il que je trouve preneuse. Les seuls modèles de séduction qu'on m'a proposés sont ceux des contes de fée de la petite enfance. Le loup croque le Chaperon rouge, la Bête séquestre la Belle, le Chevalier servant tue le

méchant dragon, les sept nains font le mé-
nage de Blanche-Neige, Cendrillon se trans-
forme en citrouille ou quelque chose dans ce
goût-là. Rien de rigolo ou d'applicable à la
situation présente, en tout cas.

L'évocation des contes de fée me donne
pourtant une idée. Je pourrais peut-être
amorcer l'affaire en réveillant Sandrine au
moyen d'un tendre baiser...

C'est en se penchant sur le visage angé-
lique de la Belle endormie que le Prince
charmant comprend tout à coup la catastrophe. En se retenant pour ne pas hurler de
dépit, il se rappelle que ses deux douzaines
de condoms sont dans ses bagages!...

*Les lois de Murphy!... Quoi?... qui
d'autre?*

Ce que la vie peut être mal tartinée, parfois!...

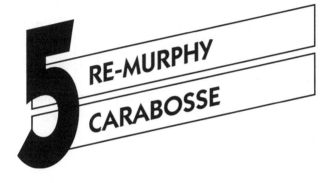

# 5 RE-MURPHY CARABOSSE

**T**outes les bibites des cours de sexologie me remontent d'un seul coup à la mémoire. Diapos et vidéos repassent en accéléré.

Ce cinéma me fait l'effet d'une douche froide. Envolée, l'excitation! Me voilà redevenu bloc de glace, morceau de bois, ado raisonnable – un amas de viande extrêmement triste, pour parler net.

♥

La fatigue finit pourtant par l'emporter et je me rendors.

Mes hormones ont perdu ce round...

Mais elles n'ont pas perdu la bataille. Elles profitent de mon sommeil pour prendre une revanche terrible. Un cauchemar épouvantable me tombe dessus! Je rêve que je fais l'amour – sans préservatif! – avec une bête abominable.

Imaginez le virus du sida grossi cent mille fois emmanché d'un long cou qui vacille mollement et qui suinte de tous ses pores. Plantée au sommet de ce cou, la tête de Lapointe tremblote sur ses multiples mentons en postillonnant à la ronde des substances visqueuses.

La bête ne cesse de changer de forme, prenant tour à tour l'apparence de chacun des microbes responsables des différentes MTS.

L'horreur que je ressens est indicible. Mon corps se met à pustuler de plus belle; je ne suis plus qu'un purulent furoncle. Les éruptions se succèdent à une cadence infernale. Je ressemble à une machine à *pop corn* qui fabriquerait des flocons de scrofules pour vampires friands de *fast-food*!

Mes articulations se déboîtent une à une. Des morceaux de membres pourris sont projetés en tous sens. Ma cage thoracique explose. Je me désagrège comme un édifice sous le pic des démolisseurs.

Lorsque ma tête roule de mes épaules, je m'éveille en hurlant.

Sandrine se tient sur un coude et me secoue.

— Mais réveille-toi, à la fin. Tu vas faire tourner le vin nouveau jusque dans le Bordelais! Sûr qu'on va t'interdire de séjour pendant les quarante prochains siècles!

Je me précipite hors de la fourgonnette comme si j'avais le feu au derrière (d'ailleurs, c'est précisément ce que j'ai). Après ce que je viens de vivre, il n'est pas question que je me laisse tenter par le sexe. La chair est faible et ma vertu n'est guère plus forte. Aucune chance à prendre avec ces hormones sournoises qui grugent ma volonté! Ces infâmes sécrétions ont profité de mon cauchemar pour s'insinuer encore plus profondément dans mes centres de décision.

Le complot se précise! Le piège va bientôt se refermer sur moi! Je ne crois pas aux rêves, mais qui sait? Aussi, sans condom, c'est non – et plus que jamais!

C'est trop bête, quand même! À tous les jours, pendant un an et demi, je me suis promené avec un préservatif dans ma poche. J'en ai gaspillé exactement quatre-vingt-quatre de cette façon. La caissière de la pharmacie du coin me prend pour un grand séducteur. Elle n'arrête pas de faire des grosses farces épaisses. Si elle savait… Et maintenant qu'une occasion se présente, je n'ai pas le moindre foutu lambeau de caoutchouc à ma disposition!

Ça ne fait plus aucun doute, les lois de Murphy s'acharnent sur moi! Le côté tartiné, ce sera quoi, alors? Je serai condamné à rester puceau pendant toute ma vie, peut-être?

La fraîcheur du matin me ramène à moi. Une brume fine flotte sur le vignoble, laissant apparaître çà et là des morceaux de végétation. Ces taches vert tendre sont encore attendries par la vapeur qui filtre les rayons du soleil. Le sol est invisible; on dirait que les ceps poussent à travers un épais tapis de ouate. Quelle harmonie silencieuse! Quelle paix muette!

Secoué par le cauchemar, troublé par le désir et ému par ce paysage nébuleux, je ne suis plus qu'un paquet de nerfs. Il faut que j'expulse quelque chose pour faire baisser la tension. À défaut de mieux, je laisse échapper ces deux vers maladroits:

*Ô douces sont les délices tranquilles*
*Que procurent les beautés immobiles!*

— Baudelaire disait plutôt: «Là, tout n'est qu'ordre et beauté; Luxe, calme et volupté». Mais, mon vieux, je préfère ta version. Prononcée en détachant chacune des syllabes, l'allitération de «Ô dou-ce-sont-les-dé-li-ces» est très évocatrice. Te voilà poète, maintenant? Ferais-tu une poussée d'acné métaphysique?

Tiens, Paul! Je ne l'ai pas entendu arriver, celui-là. Il a le poil rebelle, le front soucieux et les yeux cernés. Il a l'air d'avoir passé la nuit sur la corde à linge.

— Ne me dis pas que tu as…

— Non, non! Ce n'est pas ce que tu crois. Je leur ai raconté des histoires de bons Indiens poursuivis dans la toundra par la méchante Police Montée. Je les ai tenus en haleine jusqu'à trois plombes du mat, comme ils disent. Pas moyen de me coucher, ils en redemandaient encore et encore. Je leur en ai mis une bonne couche, tu peux me faire confiance! C'est fou ce que ces gens-là peuvent fantasmer sur l'Amérique. Ils ont l'impression que nous vivons dans un western perpétuel.

On entend un teuf-teuf-teuf qui s'approche. Bientôt une drôle de machine sort d'une courbe du côté de Crépey. Il s'agit d'un tracteur dont le corps est décentré par rapport aux roues et monté très haut sur pattes. Probablement qu'il a été conçu pour enjamber les rangs de vignes sans les abîmer.

Nous réveillons la compagnie.

— Debout là-dedans, les secours arrivent.

L'engin est piloté par un vieux paysan comme on n'en voit plus que dans les films – et dans les films très anciens, encore. Il affiche un visage rouge pivoine au milieu duquel est planté une énorme betterave luisante et crevassée. Je présume qu'il s'agit de son nez. L'ensemble a l'air d'être le résultat d'une «déformation professionnelle» patiemment construite et soigneusement entretenue au gros rouge. Sans doute dès le biberon et sûrement jusqu'au tombeau!

— Crrrré bon gueux les jeunesses, on dirrrait ben que votrrre bâââtiment est en détrrrrresse.

Le vieux roule les r même dans les mots qui n'en comportent aucun. Son accent est tout à fait délicieux!

Yannick sort de sa tente.

— Bien le bonjour, monsieur! On est tombés en carafe hier soir. Je pense que le radiateur est percé. On apprécierait beaucoup un petit coup de paluche.

Le vieux descend de son tracteur en forme d'insecte.

— Ah, ces mômes d'aujourd'hui! Ça courrrre les rrroutes et ça ne connaît rrrien à la mécanique. Des Parrrisiens, sûrrrrement! On va voirrr ce qu'on peut fairrre. Toi, le jeuniot, va cherrrcher de l'eau au rrruisseau.

Bertrand s'exécute et revient avec un seau plein qu'il verse dans le radiateur. Aussitôt, l'eau se met à couler en dessous de l'Estafette.

— Essaie de voirrrr d'où vient la fuite.

— Là, sur un des tuyaux à ailettes qui forment le corps du radiateur.

Le vieux va à son tracteur et en revient avec des pinces à longues mâchoires effilées.

— Écrrrrase le tuyau de chaque côté de la brrrrèche. Comme ça, ça ne coulerrra plus.

Cela fait, on remplit le système de refroidissement et Yannick fait partir le moteur. Il subsiste encore un petit écoulement. Il va falloir s'arrêter à tous les kilomètres pour refaire le plein.

— Je vois que vous avez fait le piquenique. Il doit ben vous rrrrester du poivrrre dans vot cantine?

En entendant parler de poivre, Paul ne peut s'empêcher d'éternuer.

— Du poivre? s'étonne Yannick. Oui, nous en avons, bien sûr. Mais pourquoi? Vous voulez vous mitonner un steak-frites?

— Des Parrrisiens, ça c'est cerrrtain! Verrrse le contenu de la poivrrrière dans le rrradiateurrr. Les grrrrains vont aller se loger dans les fissurrres et colmater tout ça. Ça peut tenirrr encorrre des centaines de kilomètrrres.

Le truc fonctionne! À huit heures nous reprenons joyeusement la route, après avoir remercié ce vieux débrouillard pour ses judicieux conseils culinaires. J'ignorais que la cuisine française pouvait aller jusqu'à satisfaire l'appétit des moteurs!

Mais nous ne sommes pas encore sortis de l'auberge pour autant. Si Lapointe a pris le TGV tôt ce matin, il ne nous reste plus grand temps. À neuf heures trente, au plus tard, il sera à Dijon. Un taxi l'emmènera chez M. Brissac en moins d'une demi-heure.

Nous disposons donc de cent vingt petites minutes pour franchir la cinquantaine de kilomètres qui nous séparent du salut. En situation normale, ça serait amplement suffisant. Mais avec les lois de Murphy qui s'acharnent, c'est loin d'être gagné.

La bagnole peut encore nous faire des histoires. Étant donné son état, ce serait même un miracle qu'elle ne nous en fasse pas. On ne va pas pouvoir toujours se tirer d'affaire en lui refilant les surplus du casse-croûte. Quand on connaît la réputation gastronomique de la France, on devine que les voitures françaises ne doivent pas ingurgiter n'importe quelle cochonnerie.

Il ne reste plus qu'à souhaiter que le décalage horaire ait assommé Lapointe et qu'il ait raté son train. Autrement, au retour, nous serons condamnés à des mois et des mois de travaux foncés (c'est ainsi que Paul désigne les copies obligatoires).

♥

Le périple se poursuit sans autre ennui mécanique. Mais je ne serai rassuré que lorsque nous serons arrivés à destination. La face tartinée des choses peut encore nous jouer de vilains tours.

Toutefois, côté relations sociales, j'ai pris un peu d'assurance. Heureusement, Sandrine a le bon goût de ne pas m'interroger au sujet de mon cauchemar. On se contente de badiner à propos de tout et de rien. Je bois ses paroles comme du petit lait, même les pires banalités. Je dois être en train de devenir gaga. C'est drôle, mais maintenant que je sais que je ne peux pas – pour le moment, du moins – passer aux actes, je me sens beaucoup plus à l'aise.

Si j'avais le malheur de répéter cela au psy de la poly, il en baverait de plaisir, c'est certain. Il me ferait faire des taches d'encre sur une feuille ou dessiner des arbres et il passerait de longues heures à contempler mes chefs-d'œuvre en roulant des yeux remplis de lueurs équivoques. Ça s'amuse avec des riens, ces énergumènes-là…

♥

La route serpente en suivant la cime des vieilles montagnes arrondies de Bourgogne. La vue sur la vallée est splendide.

À tous les trois ou quatre kilomètres, une petite agglomération surgit de la verdure. Elles sont toutes construites sur le même modèle. Un amas de maisons regroupées pêle-mêle sur le flanc d'une coulée (selon Sandrine, ici ils disent une «combe»). La surface totale de chacun des villages ne doit même pas faire la moitié du parc Lafontaine.

Et tout le reste est couvert de vignes. Pas le moindre recoin qui ne soit utilisé. Pas le moindre mètre carré qui ne soit de ce vert tendre particulier à la vigne. Il n'y a pas à en douter: dans cette région, tout le monde vit pour et par le vin!

Je ne peux m'empêcher de penser qu'on doit y organiser de joyeux pow-wow à certaines occasions. À la fin des vendanges, par exemple.

♥

Bientôt huit heures trente. Nous dévalons la combe Ambin. Chambolle-Musigny est à nos pieds, petit amas de blocs gris et orange qui se dresse au milieu de l'immensité verte. Dans quelques minutes nous serons arrivés. Souhaitons que la flaque Lapointe ne se sera pas levée à six heures ce matin.

Ça descend en diable. Yannick place le levier de la transmission au point mort, éteint le moteur et laisse aller l'Estafette sur son élan. Pour économiser l'essence, qu'il dit.

Nous ne cessons de prendre de la vitesse. La route est tortueuse. Les virages sont négociés sur les chapeaux de roues. La minoune s'incline dangereusement dans les tournants. Je parierais que le bas des portières frôle l'asphalte à chaque tortillon.

Yannick se prend peut-être pour un pilote de formule 1, mais ce n'est pas précisément le genre de bolide qu'il tient entre ses mains. Je commence à avoir hâte qu'il songe à ralentir. On peut relaxer, on est presque arrivés. Ça serait trop bête de se péter la margoulette juste avant de toucher au but.

Faut croire qu'on ne va pas contre son destin. Au détour d'une courbe, les lois de Murphy frappent une autre fois! Un tracteur avance vers nous en bloquant les trois quarts de la route. Il tire une remorque pleine de monde.

À l'allure folle où elle va, l'Estafette ne pourra pas contourner ce convoi sans faire de dégâts…

Et impossible de freiner assez rapidement…

Nous avons le choix entre la collision et le décor…

Yannick dispose de très peu de temps pour choisir l'une ou l'autre alternative…

Nous poussons un cri de terreur unanime. C'est sûr, nous allons nous casser la gueule!

À gauche, le tracteur et sa cargaison. À droite, la route bordée par un fossé profond. De l'autre côté du fossé, une «clôture» de pierre qui forme barrière. Pas moyen de se faufiler entre les deux obstacles. Et si Yannick décide d'engager l'Estafette dans le canal, ou bien nous allons capoter, ou bien nous heurterons le parapet. Aucune de ces réponses, comme dirait le prof de math!

Yannick a beau freiner à mort, la caisse ralentit à peine. Elle dérape de telle manière que l'arrière cherche à dépasser l'avant.

Le conducteur du tracteur oblique vers sa droite autant qu'il peut pour tenter de libérer le passage. Mais son engin est si lent qu'il ne fait que mettre la remorque en travers de la route. Les gens qui s'y trouvent se jettent en bas en catastrophe. Beaucoup de viande hachée à l'horizon!

Plus que cinq mètres avant l'impact!

À droite, un sentier de service pénètre dans le vignoble. Un ponceau enjambe le fossé.

— Accrochez-vous! hurle Yannick.

Il braque dans cette direction et ramène aussitôt. La roue avant s'engage sur le petit pont et le traverse en diagonale. La roue arrière suit. Nous frôlons le mur de pierre. Le côté gauche du véhicule reste sur le talus de telle sorte que nous chevauchons le fossé.

Nous sommes projetés en tous sens à l'arrière de la fourgonnette. Je ne vois plus rien qu'un magma de couleurs tournoyantes. Nous heurtons quelque chose de solide et le ciel se met à changer de place. Nous devons être en train de faire des tonneaux.

Un milliardième de seconde plus tard, il se produit un choc terrible et je perds connaissance…

# 6 LAPOINTE DE L'ICEBERG

**L**orsque je reprends conscience, l'Estafette se balance encore sur son porte-bagages, les quatre fers en l'air.

Sandrine est allongée sur moi et divague en me serrant très fort. Elle est encore dans le cirage. Je lui tapote un peu le visage; elle ouvre enfin de grands yeux fatigués.

— Rien de cassé?

— Non, roucoule-t-elle en relevant la tête. Juste un peu mal à la tronche.

Elle se réenfouit le nez au creux de mon épaule en faisant mine de vouloir se rendormir. Dans ces cas-là, il faut maintenir la victime éveillée. Je la secoue le plus doucement possible. Elle retrouve ses sens et s'étire de tout son long en se frottant contre moi, ce qui entraîne que les miens entrent en ébullition.

Mais l'heure n'est pas à la bagatelle. Je crains qu'il n'y ait des blessés graves, sinon des morts. Et ceux du tracteur? A-t-on réussi à les éviter?

Après un moment, le reste de la bande recommence à bouger. L'examen révèle que personne n'a attrapé de bobos sérieux. Chacun est un peu ébranlé, mais rien de grave. On a eu de la chance!

On s'extrait un à un de la fourgonnette par une fenêtre brisée.

— C'est trop bête; on aurait pu s'en tirer s'il n'y avait pas eu cette foutue borne kilométrique, dit Yannick.

*Encore cette malheureuse histoire de tartine et de tartinage!*

Les roues de l'Estafette tournent encore. Le véhicule a l'air d'un gros cafard retourné sur le dos qui s'agite les pattes pour se remettre sur pied. Le carrosse va être bon pour la casse.

Yannick se console en disant:

— Bof! je sentais bien que c'était son dernier voyage de toute façon! Elle avait trois cents mille kils dans les tripes, la pauvre vieille!

Dieu merci, nous avons évité le tracteur et la remorque. Les gens qui y prenaient place viennent vers nous en courant.

Surprise: bien que j'aie la vue embrouillée par le choc, je reconnais la silhouette sèche et filiforme de Jean-Marc, suivie de celle plus rondouillarde et ondulante de Germaine.

Du coup, je me dis que je suis mort! Les mauvais esprits sont en train de me monter un enfer personnel. Je serai condamné à désirer éternellement les charmes de Germaine sans jamais y avoir droit, pendant que j'entendrai Jean-Marc proférer sans arrêt les mêmes vérités premières. De quoi devenir cinglé. Pour que l'horreur soit totale, il ne manque plus que Lapointe surgisse dans le décor.

Cette évocation me suggère une idée folle: je suis soudainement persuadé que si l'enfer existe, il a la forme d'une polyvalente remplie de belles filles intouchables et dirigée par un monstrueux Lapointe supra cosmique.

Lorsque Jean-Marc nous reconnaît je suis contraint d'admettre que je n'ai pas quitté la planète. D'ailleurs, tous ceux qui sont du voyage, sauf Lapointe, sont là aussi.

— Qu'est-ce que vous faites ici? finit-il par articuler.

Paul a compris que, par un hasard incroyable, nous sommes tombés sur le tracteur qui mène aux champs les vendangeurs de monsieur Brissac, car il rétorque avec un air faussement gêné:

— Ben, voyons! On est venus vous rejoindre pour commencer la journée sans perdre de temps!

Jean-Marc fulmine. Mais que peut-il faire d'autre, sinon bouillir jusqu'à s'autoclaver la cervelle?

— Vous me devez des explications; on en reparlera ce soir, dit-il en ravalant à grand-peine sa colère.

Nous laissons l'Estafette là où elle est et montons avec les autres vendangeurs. Une fois arrivés dans le vignoble, le patron remet à chacun un seau et un sécateur.

Toute la journée, nous répétons les mêmes gestes: d'abord repérer la grappe à travers le feuillage dru, la maintenir d'une main et, de l'autre, la couper près des fruits. Et recommencer encore et encore en prenant soin de ne pas se taillader la peau. Une fois le seau rempli, il faut aller le vider dans la hotte que le plus costaud du groupe porte sur son dos en se promenant entre les rangs.

Cela peut sembler facile, mais à la fin de la journée, nous marchons sur les genoux. Au retour, nous consacrons nos dernières énergies à remettre l'Estafette sur ses roues. Le tracteur la remorque dans la cour de monsieur Brissac. Un casseur de Dijon viendra la récupérer après les vendanges.

Nous bouffons en silence, puis chacun s'en va se coucher sans tarder. Jim-le-genou oublie même de dessiner ses inévitables croix gammées sur les murs des chiottes. Faut-il qu'il soit au bout de son rouleau! Il va se sentir dépaysé quand il ira faire son gros demain matin.

Le dortoir a beau être mixte et à aire ouverte, personne ne songe à s'adonner au voyeurisme. Germaine occupe le lit à côté du mien et je n'ai même pas le réflexe de la regarder enfiler son pyjama. Les «carrés de l'hypoténuse» et les «compléments d'objet directs» sont loin de mes préoccupations.

Jean-Marc, qui semblait portant bien «crinqué» contre nous ce matin, ne trouve pas la force de nous faire les remontrances promises.

Nous n'avons pas eu de nouvelles de Lapointe. Je ne peux pas dire que je m'ennuie de cet empêcheur de tourner en rond, mais son absence ne manque pas de m'intriguer. Qu'est-ce qu'il manigance encore? J'ai remarqué que lorsqu'on le perd de vue, il a le don de resurgir au plus mauvais moment. Et puis c'est lui qui a les billets de retour. Qu'est-ce qu'on va faire si, par bonheur, il disparaissait vraiment?

♥

Le réveil sonne à six heures trente. Aussi bien dire au milieu de la nuit! Gémissements généralisés dans le dortoir. Je suppose que tout le monde a mal au châssis autant que moi. Ce n'est pas possible; je suis tellement paralysé par les courbatures que je dois me jeter en bas du lit. Une douche bouillante ne réussit pas à m'assouplir les articulations. Au moindre mouvement, mes os grincent comme une vieille bécane rouillée.

On se rend à la cafétéria en silence. Les trois quarts d'entre nous dorment encore et avancent comme des automates. Ceux qui ont déjà fait les vendanges se payent nos têtes en rigolant. Je me demande comment on peut trouver la force de rire à une heure aussi matinale.

Le café, que chacun ingurgite en quantité industrielle, produit peu d'effet. Le petit-dej est délicieux, mais l'appétit se laisse tirer l'oreille. Il faut pourtant emmagasiner de l'énergie si on veut tenir le coup jusqu'à midi.

On se traîne aux champs de peine et de misère. Cette deuxième journée est encore plus terrible. Une méchante rosée matinale nous trempe jusqu'aux os, ce qui n'arrange pas les courbatures.

Au déjeuner, le moral des troupes est au plus bas. Certains disent qu'il aurait été préférable de financer le voyage en vendant un peu plus de tablettes de chocolat. La sollicitation cause des blessures à l'amour-propre, mais au moins elle épargne les reins. D'autres parlent de laisser tomber et de se perdre dans la nature. Mais la plupart sont cassés comme des clous et ne pourraient pas survivre en attendant de retourner au Québec.

Bref, tous et toutes déchantent en se demandant comment ils ont pu se laisser embarquer dans une pareille galère.

♥

Pourtant, le métier rentre peu à peu. Au début de la quatrième journée les choses se sont tassées. Le travail, bien que très fatigant, est devenu supportable.

C'est alors que le *fun* commence. Le patron apporte des bouteilles de vin au travail et, lorsque nous arrivons au bout d'une rangée, ceux qui le désirent ont droit à une lampée. Une bonne gorgée de gros rouge à neuf heures du matin, ça cogne dur dans le tableau de bord.

On chante à tue-tête dans le vignoble. Quand le surveillant a le dos tourné, des batailles mémorables se déclenchent. D'un bord à l'autre du champ, on se lance des grappes à la figure. Le grand cru classé Chambolle-Musigny de cette année va compter quelques bouteilles en moins, c'est certain.

Assis sur son tracteur, le grand-père Brissac nous observe en souriant. Peut-être que ça lui rappelle les folies de sa lointaine jeunesse. Les pertes ne semblent pas le déranger le moins du monde, en tout cas. Probable qu'il se dit que la rareté fera grimper les prix.

Le soir, au dîner, le vin aidant, les discussions sont animées. Les Français se sont habitués à notre accent et nous au leur. Paul continue d'éternuer et de raconter des histoires à dormir debout. Des amitiés solides se nouent.

Le jeu des affinités fait son œuvre et il devient clair que les vendangeurs se divisent maintenant en deux clans.

Jim-le-skin s'est lié avec un groupe de loubards qui ont la boule à zéro comme lui. Ces têtes-de-genoux passent leur temps à chuchoter dans un coin. Ces énergumènes donnent l'impression de comploter des trucs pas très catholiques. Jean-Marc a l'air agacé par le fait que Jim se soit acoquiné avec ces voyous, mais il ne dit rien.

Les autres Québécois sont devenus copains-copines avec une joyeuse bande de rigolards. On n'arrête pas de proférer des jeux de mots propres à faire perdre le souffle à un mammifère marin. C'est comme si on se connaissait depuis toujours.

Bien entendu, chacun de ces groupes ne porte pas l'autre dans son cœur. Heureusement, le soir après le dîner, une tête-de-genou qui travaille chez un vigneron voisin, vient prendre ses amis avec sa voiture.

Ils rentrent tard en faisant un boucan de tous les diables. J'ai cru comprendre qu'ils font des virées à Dijon. Probable qu'ils vont terroriser les minorités visibles. Les yeux au beurre noir qu'ils ramènent de leurs expéditions, m'inclinent à penser que les minorités en question ont pris des cours d'autodéfense.

Des amours ont vu le jour. Entre autres, Germaine a eu un sérieux coup de foudre pour Bertrand et réciproquement. Mon chien est mort de ce côté-là.

Bof… il n'a jamais été très fort et puis ça ne me fait plus rien. Depuis que j'ai eu l'impression d'avoir été branché sur Manic-5 en touchant la main de Sandrine, Germaine a subitement cessé de faire partie de mes préoccupations sentimentales.

Dans le dortoir, il y a désormais quelques lits inoccupés et quelques autres qui font double emploi.

Je dors seul et ça me retourne les sens au-delà du supportable. Surtout que les jeunes Françaises se font une idée différente des convenances que les filles de chez nous. Elles se promènent en petite culotte, la poitrine nue, sans manifester la moindre gêne. Elles font cela naturellement, sans donner l'impression d'agir par provocation ou bravade.

Yannick m'a expliqué que c'est partout comme ça depuis au moins vingt ans sur les plages européennes. Il m'a assuré qu'on finit par s'y habituer.

Peut-être, mais je n'en suis pas encore là – de beaucoup s'en faut! Ces «carrés de l'hypoténuse» espiègles qui vont et viennent ont le don de provoquer l'apparition d'un angle droit encombrant sous mes couver-

tures. J'ai beau essayer de me consoler dis-
crètement en m'assurant le concours de la
veuve poignet, ça me soulage autant que si
je me grattais le dessous des bras avec une
brosse à dents!

Chaque soir, Paul discute fermentation
avec le maître de chais et le grand-père
Brissac. Ce dernier n'en revient pas des connaissances œnologiques de mon copain. Il ne
cesse de répéter: «mais c'est un vérrrritable
génie, ce petit Canadiiiaaannn.»

En guise de digestif, l'ancêtre lui paie la
traite au marc de Bourgogne de sa fabrication. Il s'agit d'un alcool qui titre autour de
soixante degrés. Le vieux affirme que ça
éclaircit le sang. Paul rentre souvent se coucher les pieds ronds en déclamant de gran-
diloquents éloges au vin.

Jean-Marc a fini par oublier notre *fu-
guette* et à admettre qu'à seize ans on a
droit à l'initiative personnelle. D'ailleurs, il
ne s'est pas montré encombrant. Après
deux jours à se faire suer dans le vignoble, il
a trouvé le folklore un peu trop éreintant et
il a laissé tomber. Et puis, le jus de raisin ter-
nissait ses bagues. Il s'est loué une moby-
lette et il passe son temps à se balader dans
la campagne. On ne le voit presque plus.

Au septième jour, le gros Lapointe n'a
pas encore donné signe de vie. Personne ne

songe à s'en plaindre. Pourvu qu'il soit là avec nos billets au moment du départ, c'est la seule chose qui compte. Je suis tombé follement amoureux de la France, mais mon seul vrai chez-nous, c'est encore le Québec.

♥

Au huitième jour, les vendanges sont suspendues. Les immenses cuves en acier inoxydable, dans lesquelles s'effectue la fermentation initiale, sont pleines à ras bords. Le contenu de celles qui ont été remplies en premier est prêt à être pressurisé et transvidé dans de grands tonneaux en chêne. C'est dans ces tonneaux que se poursuivront la vinification et le vieillissement avant la mise en bouteille. Demain, lorsque quelques cuves auront été libérées, on reprendra la cueillette.

Nous disposons donc de vingt-quatre heures de congé! Tôt le matin, la bande prend un bus; on va se baguenauder à Beaune, la capitale viticole de la Bourgogne. La cité est splendide. Depuis le Moyen Âge, les activités de cette ville tournent autour du commerce du pinard.

Paul ne laisse pas passer l'occasion de faire étalage de son savoir:

— C'est ici qu'on retrouve la plus forte concentration de négociants éleveurs de toute la planète.

— C'est quoi, ça, un négociant éleveur?

— Tu ne sais pas que la plupart des crus de Bourgogne sont produits à partir de cépages provenant de différents vignobles?…

— Tu n'expliques rien et tu compliques tout!

— Laisse-moi continuer, gnochon! Quand on parle à un inculte, il ne faut pas négliger la base.

— Vas-y bouffi, je t'écoute!

— Vois-tu, le vignoble bourguignon est très morcelé. Les grandes propriétés comme celle de monsieur Brissac sont rares. La plupart des vignerons produisent trop peu pour commercialiser eux-mêmes leur récolte. Ils la vendent donc en vrac à des entreprises qui se chargent d'«élaborer» des mélanges et de veiller à leur vieillissement. C'est ce qu'on appelle des négociants éleveurs. Ils «élèvent» le vin dans le même sens qu'on élève des cochons, c'est-à-dire qu'ils en prennent soin.

— Tu dois avoir des maux de tête affreux, toi, des fois?

— Au contraire! Avec ces informations qui me bourrent le crâne, la migraine n'a aucune chance de trouver place.

Après plusieurs heures de visite des vieux quartiers, on s'attable à un café-terrasse sur la place centrale pour manger et boire un coup.

C'est alors qu'une vieille Citroën DS-21 traverse ladite place, tourne le coin et disparaît. J'ai à peine le temps d'apercevoir les occupants. Je n'en crois pas mes yeux. Le gros Lapointe est à bord! Deux têtes-de-genoux sont avec lui: Jim-le-skin et un de ses amis! Un inconnu tient le volant.

Qu'est-ce que ces malotrus manigancent? Ils ne se consacrent sûrement pas à des œuvres de charité, en tout cas. Lapointe a trop mauvais caractère pour n'avoir rien à se reprocher! Quant à Jim, sa réputation le précède tellement qu'elle lui fait de l'ombre!

Je cours jusqu'à la rue où s'est engouffrée la Citroën. Celle-ci ralentit et, à quelques mètres du coin, tourne à droite dans une entrée cochère. Sur une enseigne suspendue à une tringle qui grince on peut lire:

### Boucher père & fils
### négociant éleveur depuis 1809.

Bizarre!?

En revenant à ma place, je demande à Paul:

— *Boucher père & fils*, ça te dit quelque chose?

— Bien sûr! C'est une maison qui a connu son heure de gloire. Depuis quelques années, elle a la réputation de produire de la piquette hors de prix et l'affaire périclite. On parlait même de faillite imminente dans le *Guide des vins* de l'an passé.

♥

Nous rentrons à Chambolle en début de soirée. Jim-le-skin et son copain sont de retour. Ils sont dans un coin du dortoir avec le reste de leur clan. On dirait qu'ils consultent des cartes géographiques. Étonnant! Je croyais que la seule forme dessinée qui pouvait les intéresser, c'était la croix gammée.

J'interroge Jean-Marc à mots couverts. Il m'apprend qu'il est sans nouvelles de Lapointe. Il commence à être inquiet et parle de signaler sa disparition à la gendarmerie nationale.

Après tout, les vendanges achèvent; nous quitterons Chambolle dans trois jours. Une fois la bande dispersée aux quatre coins de la France, il ne sera pas possible de rejoindre qui que ce soit si jamais il y avait un pépin pour le retour.

Nous avons rendez-vous à Paris dans un hôtel du quartier Montparnasse la veille du départ, mais l'avion s'envole à midi le lendemain. Qu'allons-nous faire sans billets? La bureaucratie des transports aériens, ça doit être aussi difficile à faire bouger que celle d'une commission scolaire!

Je ne sais pas pourquoi, mais je m'abstiens de révéler à Jean-Marc que j'ai aperçu Lapointe cet après-midi. L'affaire m'intrigue et j'aimerais être le premier à comprendre ce que la flaque magouille avec la bande des genoux. Des envies de jouer les Sherlock Holmes me prennent. Si le direc se balade dans la région en évitant de se montrer, il a sûrement une bonne raison.

À moi de la découvrir!

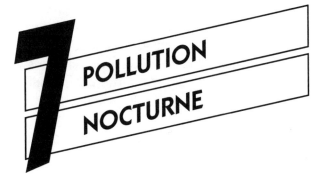

# 7 POLLUTION NOCTURNE

**L**es derniers jours des vendanges se déroulent sans histoire. Je suis terriblement désappointé, cependant. Je n'ai pas réglé mon problème de «cœur» avec Sandrine, même si elle m'a tendu la perche à plus d'une reprise.

Pourtant, l'envie de la serrer contre moi, de l'embrasser et de la caresser pendant des heures ne cesse de m'assaillir. Mais il y a cette timidité stupide qui m'empêche d'agir.

C'est d'autant plus déprimant que l'effet «centrale électrique» est plus puissant que jamais. Chaque fois qu'elle s'approche de moi, des décharges foudroyantes me font dresser les poils sur le dos, tandis que des frissons me parcourent l'épiderme. J'en ai même la peau des couilles qui se ratatine.

Des hormones aux effets contraires se disputent mon cerveau. Je suis tiraillé entre un désir fou et une peur folle de le satisfaire. Je commence à me poser de sérieuses questions à propos de ma santé mentale. Je ne serais pas un peu givré de la calotte, par hasard?

Je n'ai qu'une consolation: depuis que j'ai remis la main sur mes deux douzaines de condoms, le cauchemar «MTS-Lapointe» n'est pas revenu me harceler. Désormais, mes nuits sont plutôt hantées par des rêves érotiques qui feraient jouir le psy de la poly si jamais je les lui racontais.

♥

Le dixième jour, à quatorze heures trente pile, j'ai l'honneur de cueillir la dernière grappe. À dix-sept heures, les raisins ont été pressés et placés dans les cuves de fermentation. Il y a encore beaucoup de travail à accomplir avant que le vin ne soit mis en bouteilles, mais les vendanges proprement dites sont terminées.

Dès lors, les réjouissances commencent. Les vignerons des alentours descendent au café du village pour fêter l'événement. La bière et le vin coulent à flots.

On sent qu'ils sont soulagés. Certaines années, le mauvais temps empêche de vendanger au moment propice et la récolte pourrit sur pied. Douze mois de travaux laborieux sont anéantis et plusieurs centaines de milliers de dollars tombent à l'eau en moins de deux semaines.

Au milieu de la fête, Monsieur Brissac réclame le silence pour vanter l'acharnement au travail des jeunes Québécois venus lui prêter main-forte. Jean-Marc, qui a la fibre patriotique à fleur de peau et l'émotion chatouilleuse, en vient au bord des larmes.

♥

Nous rentrons dîner vers vingt heures. Certains sont déjà pas mal pompettes. Pour la circonstance, la grand-mère Brissac a composé un menu particulièrement soigné et le grand-père a sorti des bouteilles poussiéreuses de la cave. On a éteint l'électricité; l'éclairage est assuré par des chandelles! Ça promet!

Chez tous les autres vignerons qui ont terminé leurs vendanges (la grande majorité), le même scénario est mis en branle. La soirée ne sera pas triste dans le département de la Côte-d'or! C'est la super bamboula de Dijon jusqu'à Beaune et même au-delà. Une chaîne de partys qui va s'étirer sur plus de cinquante kilomètres le long de la Nationale 74! Les satellites espions du Pentagone vont transmettre de drôles d'images à Washington. La CIA est capable d'envoyer des agents déguisés en pied de vigne pour voir de quoi il retourne.

Sous chaque assiette, il y a une enveloppe. La paye! J'ouvre la mienne. Elle contient mille sept cents francs en billets. Environ quatre cents cinquante dollars. Je n'ai jamais eu autant de fric dans mes poches. Le boulot a été dur, mais ces dix-sept coupures de cent francs toutes neuves me font oublier les courbatures.

Je range mon pécule dans ma poche. Demain, je pars avec Paul vers La Rochelle. Avec cet argent, nous allons pouvoir nous offrir un peu de bon temps. Peut-être que j'y rencontrerai une fille qui me fera oublier Sandrine. Peut-être qu'avec elle...

Jim-le-skin et sa bande de têtes-de-genoux se pointent après l'entrée (des escargots à la dijonnaise tout à fait écœurants; ils ne savent pas ce qu'ils ont manqué!). Ils s'emparent de leurs enveloppes et disparaissent sans daigner saluer. Tant mieux, on va fêter entre amis.

Très vite, le repas tourne à l'orgie. Les vignerons ne sont pas de plus gros buveurs que les autres – même si leurs préoccupations sont centrées sur le vin. Cependant, la coutume veut qu'à la fin des vendanges, les règles de modération soient suspendues pendant une nuit. Tout le monde mange et boit à se défoncer. Hommes aussi bien que femmes – et sans distinction d'âge. Même les nourrissons ne sont pas épargnés, puisque le lait de leur mère présente un indice d'octane élevé pendant les heures qui suivent la fête. C'est Bacchus, le dieu du vin qui réclame son tribut.

Le dîner n'en finit plus de s'étirer. Entre chacun des plats, le grand-père Brissac offre une tournée de son fameux marc de Bourgogne. On se lève et on fait ce qu'on appelle un «trou normand». Il s'agit d'avaler d'un seul coup une petite lampée de cet alcool décapant.

Paul m'explique que cela provoque un spasme dans le tube digestif et stimule l'appétit, même quand on est bourré jusqu'aux oreilles.

Je le crois sans trop d'effort. J'y trempe à peine les lèvres, mais cela me suffit; le liquide est encore plus corrosif que de l'acide à batterie. Étant donné les perforations qu'il doit pratiquer dans l'estomac, la nourriture passe tout droit! Après deux verres, les patates tombent directement dans les bottines!

Lorsque le plat principal (un coq au vin pas dégueu) est avalé, plusieurs convives ont déjà roulé sous la table. Ils doivent être en train de méditer sur le problème de la faim et de la soif dans les pays du Sahel...

Un peu plus tard, il y en a quelques autres qui quittent précipitamment les agapes pour aller dégobiller à l'extérieur. Je suppose qu'ils tombent endormis dans leurs vomissures puisqu'ils ne se remontrent pas la binette. Les plus vieux tiennent le coup (c'est le cas de le dire!) en s'amusant du spectacle de «ces jeunes blancs-becs qui ne supportent pas le litron».

Paul, Germaine, Sandrine, Bertrand et moi sommes encore debout parce que nous buvons avec prudence. Nous voulons profiter de la fête jusqu'au bout. Même que Sandrine n'a rien bu. Elle ne cesse de me regarder avec un drôle d'air; on dirait que quelque chose lui trotte derrière la tête.

Jean-Marc n'a pas l'air dans son assiette. Il n'a presque rien avalé. Il doit se faire du mauvais sang à propos de Lapointe. Je pense qu'il s'en ferait encore davantage si je lui parlais de ce que j'ai vu à Beaune deux jours plus tôt.

En revenant du café, il a téléphoné quelque part. Je parierais que c'est au Québec. Je n'ai rien entendu, mais à un moment donné la face lui a changé. On aurait dit qu'il n'avait plus une goutte de sang dans les veines. Et depuis, il affiche cette mine préoccupée. Aurait-il appris une mauvaise nouvelle? Y aurait-il eu de la mortalité dans l'une de nos familles?

Le nombre de convives diminue encore. Paul quitte la table pour aller contempler les étoiles et réfléchir, assure-t-il, «à la vertigineuse énigme que lui pose l'univers». Germaine et Bertrand saluent la compagnie et s'en vont se pieuter. Normal, ils n'ont pas cessé de se tripoter. Ils doivent être au bord de l'éclatement.

Les chandelles s'éteignent une à une. Deux doigts de vin, de la bonne bouffe, ces flammes qui vacillent, la pénombre qui envahit lentement la pièce, tout cela me transporte dans un délicieux état d'euphorie tranquille. Encore un peu et je vais me mettre à ronronner de satisfaction comme un matou qui vient de croquer le canari.

Sandrine continue de m'observer avec des yeux insistants. Ça me met mal à l'aise. Entre la poire et les fromages, elle vient s'asseoir à côté de moi et me souffle à l'oreille:

— C'est trop bête, à la fin! Tu en as envie autant que moi. De quoi as-tu peur?

Je sursaute. Une bouffée de chaleur me monte à la tête. Je dois être rouge comme une pivoine.

Sandrine poursuit:

— Tu vas voir, ça va bien se passer.

Elle glisse une main derrière ma nuque, m'attire vers elle et me roule la galoche baveuse du siècle.

Je crois défaillir! Cette fois, c'est tout le complexe de la Baie James qui m'envoie une décharge dans la viande. Une sorte de vide se fait au creux de mon ventre. C'est encore plus fort qu'un trou normand! La langue de Sandrine, qui s'enroule autour de la mienne, me dit des voluptés nouvelles, des émois dévastateurs, des délices insoupçonnées. Je pars dans les pommes.

Après un moment, sa bouche se détache de la mienne. Elle recule la tête en me regardant intensément. Des éclairs dansent sur ses prunelles noires. Si elle continue de me fixer ainsi, je vais me mettre à bronzer! Si elle insiste, je risque le cancer de la peau à brève échéance! Un sourire sensuel se dessine sur ses lèvres pulpeuses. Le scintillement des chandelles mourantes se reflète sur ses dents de nacre.

Mes yeux noyés d'amour ont peine à soutenir ce regard qui me fouille l'âme. Je sais qu'elle «voit» au plus profond de moi. Tout habillé, je me sens plus nu qu'un ver. J'étouffe difficilement un sanglot. Je suis si ému que je perds conscience de ce qui m'entoure.

Elle m'attire encore vers elle et enfouit sa tête dans mon cou en me mordillant un lobe. Son souffle chaud m'emplit doucement l'oreille et s'insinue dans ma tête. J'ai l'impression qu'une fine brume m'envahit le cerveau. C'est comme si son esprit, devenu vapeur subtile, me pénétrait et fusionnait avec le mien. Nous tendons à ne plus faire qu'un, à n'être plus qu'un seul corps, qu'une seule pensée, qu'une même émotion.

Son autre main se glisse sous ma chemise et me caresse les flancs. Des frissons de joie me parcourent la peau. Je chair-de-poulise d'un bout à l'autre de la couenne. Si je ne me retiens pas, je vais me mettre à crier de plaisir comme ces louves en chaleur qui hurlent aux mâles les soirs de pleine lune.

Sandrine devine que j'ai abandonné toute réticence, que je suis cuit à point. Elle susurre:

— Je ne sais pas si c'est le pinard qui me monte à la tête, mais je suis à la veille de prendre feu!

*Menteuse! Elle n'a bu que de l'eau!*

Elle continue à roucouler dans mon oreille:

— On expédie les fromages et on va s'aimer comme des fous dans l'Estafette... On ne peut pas rêver d'un endroit plus tranquillo...

Évidemment, les vignerons ne manquent pas de se moquer de nous en lançant des plaisanteries d'un goût discutable. S'ils savaient à quel point l'événement est important pour moi, ils feraient preuve d'un peu plus de délicatesse, il me semble.

Encore étourdi de béatitude, j'avale un morceau de camembert, arrosé d'un demi-verre de rouge. Ça me requinque aussi sec. Je respire à fond et je me dis: Eh bien mon vieux, ça y est, c'est ce soir que tu passes à la casserole!

Je tâte la poche de ma chemise: la moitié de ma réserve de condoms est là, impatiente de prêter son concours à une cause humanitaire. Même si c'est la première fois, une douzaine devrait suffire pour cette nuit...

Curieusement, je ne ressens plus aucune appréhension ou panique. J'assume ce qui m'arrive. Cela prouve que les hormones de l'amour ont eu raison des hormones de la peur. C'est toujours ça de gagné.

Sans nous soucier des quolibets grivois qui fusent, nous nous prenons par la main et nous sortons. Autour des bâtiments, plusieurs carcasses endormies ronflent comme des engins. Ça sent fort la vomissure dans les parages. J'en connais qui vont avoir mal aux cheveux demain matin.

Il fait un temps splendide. La lune est pleine et la voûte céleste est éclairée d'une étrange lumière diffuse. Hallucinant! Nous sommes si petits et l'univers si immense! Paul a raison de parler d'énigme. En passant, où se cache-t-il, celui-là? Il a dû se placer dans un recoin sombre pour profiter au maximum du spectacle de cette débauche d'étoiles.

Ce ciel sans nuage m'apparaît de bon augure. Le cosmos lui-même, en se parant de mille feux, m'envoie un message d'encouragement. J'ai le sentiment que les forces de la nature, qui gouvernent tout ce qui vit et cherche à se reproduire dans l'univers, font leur possible pour que mon initiation ait lieu dans une atmosphère propice à la tendresse. Je leur sais gré de cette attention délicate.

Nous entrons dans l'Estafette en silence. Nous nous allongeons côte à côte et nous nous étreignons très fort pendant de longues minutes. Ni l'un ni l'autre ne bouge, paralysé par l'extase. C'est à peine si nous vagissons comme des chiots qui se disputent les tétines de leur mère. Je n'ai jamais ressenti une telle émotion. L'image du septième ciel se montre trop faible pour donner une idée exacte de l'état de transe dans lequel je me trouve.

Sandrine se roule sur moi et m'embrasse goulûment. Mes mains glissent sous son t-shirt, contournent l'amorce de ses hanches jusqu'au creux du dos, puis remontent le long des flancs. Elle se cambre sous la caresse en gémissant doucement.

Je sens monter en moi une frénésie qui va bientôt éclater comme un geyser. Je suis si électrisé que je pourrais, à moi seul, alimenter tous les néons de la rue Sainte-Catherine un soir de Noël! Ce sont mes hormones qui doivent être contentes de leur coup...

Malgré cette fièvre qui m'envahit violemment, je conserve encore assez de lucidité pour me répéter: n'oublie pas ton condom, mon colon... n'oublie pas ton condom...

Les caresses qu'on se prodigue mutuellement sont de plus en plus précises.

Mais au moment où on va enfin passer aux choses sérieuses, les lois de Murphy rappliquent avec leurs gros sabots… et elles en portent de très très gros, cette fois.

Je commence à croire que je n'y arriverai jamais, merde! À la dernière minute, les forces de la nature se seront ravisées…

# 8 UN SYPHON FONT FONT

**T**out d'abord, je suis persuadé que c'est moi qui fait ce boucan qui emplit soudainement l'air. L'émotion que je ressens est si intense que je dois être en train de gueuler comme un âne sans m'en rendre compte.

— Chut! fait Sandrine.

J'arrive à grand-peine à ravaler cet impérieux besoin de hurler ma joie. Pourtant, le brouhaha ne fait que s'amplifier. Trois secondes plus tard, une pétarade d'enfer éclate dans la cour. Ce fracas aigu est accompagné de grondements plus sourds et plus lointains qui font vibrer les tôles froissées de l'Estafette. Des rayons lumineux percent la nuit en tous sens. On dirait une invasion de blindés.

Cette intrusion nous arrache brutalement à la volupté.

La pétarade cesse subitement, mais les vrombissements étouffés persistent et se rapprochent. Peu après, on entend des coups violents suivis de bruits de verre cassé. La porte de la cafétéria vient d'être défoncée.

Une voix hurle:

— Ne faites pas un geste là-dedans, sinon vous êtes tous bons pour aller bouffer les pissenlits par la racine!

Ça s'est passé en moins de vingt secondes. Nous nous redressons et, par une fenêtre de l'Estafette, nous assistons à un spectacle qui nous laisse stupéfaits. La scène fait penser à un débarquement d'extraterrestres mal élevés.

Une dizaine de grosses motos ont envahi la cour. Des humanoïdes masqués, armés de pistolets, font sortir les derniers fêtards à coups de pied dans les reins et les font s'allonger par terre. Ceux qui dormaient à l'extérieur sont réveillés brutalement et sommés de s'étendre près des premiers. Malgré les taloches, certains sont trop ivres pour réagir; on les tire par les cheveux et on les rassemble avec les autres.

Pendant ce temps, deux des envahisseurs se rendent au dortoir. Ils en ramènent Bertrand et Germaine.

L'opération se déroule en un clin d'œil. La totalité de la maisonnée est réduite à l'impuissance. Sauf Sandrine et moi. Ah oui, il y a aussi Paul qui médite sur l'énigme de l'univers quelque part dans un coin. Moi, devant cette cruauté, je suis plutôt enclin à me poser des questions sur l'énigme de la nature humaine! Où ces brutes veulent-elles en venir?

Une fois leurs victimes rassemblées, les bandits se mettent à les fouiller.

— Ils leur font les poches!

Du coup, je comprends le but de l'expédition! Les vendangeurs ont reçu leur paye ce soir! En billets de la République! Trente-cinq personnes à mille sept cents francs la tête de pipe, ça totalise tout près de seize mille dollars!

Et si ça se trouve, ces salauds vont ratisser les autres vignobles de Chambolle-Musigny. Et rien ne les empêche de visiter Gevrey-Chambertin, Morey-Saint-Denis, Clos de Vougeot, Nuit-Saint-Georges, toutes les communes de la Côte-de-nuit. Et, pourquoi pas, celles de la Côte-de-Beaune et de la Côte chalonnaise, aussi!

Partout, les voleurs vont trouver des gens ivres morts incapables d'opposer la moindre résistance. Partout, ils vont s'emplir les poches de beau pognon bien propre, garanti payable au porteur par la Banque de France! Une véritable fortune!

— Il faut faire quelque chose!

— Si on bouge, on est faits comme des rats!

Les bandits distribuent des bouts de corde à ceux qui sont encore valides et ils les obligent à s'entreligoter. Le dernier – Jean-Marc – qui ne peut pas s'attacher lui-même, est assommé d'un coup de crosse. Ça fait un drôle de bruit d'os qui craque.

Toute cette violence pour de l'argent! Décidément, je ne suis pas prêt de résoudre la vertigineuse énigme que me pose l'humanité! Comment comprendre ce drôle d'animal? Comment expliquer que ce bipède puisse composer des musiques capables de faire brailler les pierres d'émotion, alors qu'en d'autres circonstances il peut se livrer aux pires atrocités?

♥

Leur forfait accompli, les bandits discutent tranquillement en riant au lieu de fuir. Il est clair qu'ils attendent quelque chose. Pour tuer le temps, ils molestent nos amis, pour rien, comme ça, par pur sadisme.

Le bourdonnement sourd se fait de plus en plus puissant. Une voiture entre dans la cour, suivie d'un camion qui remorque une énorme citerne.

Le conducteur du camion manœuvre de manière à ranger sa machine le long des chais. Toute la bande s'active. On déroule un long tuyau dont une des extrémités est fixée au réservoir. L'autre est introduite dans le bâtiment qui abrite les tonneaux et les cuves.

Je ne vois pas ce qu'ils maquillent à l'intérieur, mais il est évident qu'ils transvident le vin dans le camion-citerne. La récolte au complet va être aspirée! Des centaines de milliers de dollars! C'est inimaginable!

Ces sinistres individus n'ont pas réfléchi. Le vin est un produit fragile; le déplacer en pleine fermentation va le bousiller. Les champignons microscopiques qui assurent la vinification n'apprécieront pas le voyage et vont se mettre en grève. C'est une piquette imbuvable qu'ils obtiendront au bout du compte. Des milliers de litres de vinaigre tout juste bon à assaisonner les salades.

Les bandits utilisent des pompes très efficaces. En peu de temps, le camion est rempli. Ils vont bientôt plier bagages.

Nous restons là à les regarder, incapables de tenter quoi que ce soit. Nous nous serrons l'un contre l'autre, secoués par des spasmes de terreur.

Il ne faut surtout pas faire de bruit. Personne d'autre ne pourra alerter la police après le départ des pirates. Si les poulets ne lambinent pas, il subsistera peut-être une chance de les intercepter.

C'est vrai, il y a Paul... Il a été témoin du coup de force lui aussi. Pourvu qu'il ne se mette pas à éternuer...

Cette pensée, en me traversant l'esprit, a dû engendrer une vibration qui est allée chatouiller les muqueuses nasales hypersensibles de mon copain. Au moment où les bandits vont déguerpir, une salve d'éternuements retentit derrière le dortoir.

Un détachement est dépêché en reconnaissance. Les salopards n'éprouvent aucune difficulté à retrouver l'éternueur. Ils reviennent bientôt en le poussant brutalement devant eux.

Une voix autoritaire déclare:

— Ce mignon-là, il va venir avec nous. Il n'avait qu'à pas se cacher. Si jamais nous avons des pépins, il faut disposer d'une monnaie d'échange. Et pourquoi pas aussi cette petite blonde, là…

Il désigne Germaine.

— …Quand nous aurons terminé nos vendanges, nous allons faire la fête, nous aussi.

Une autre voix prend le relais:

— Je te la laisse. Moi je préfère les jeunes mecs, c'est plus rétif!

Ce ramassis de salauds éclate d'un gros rire épais. Germaine comprend qu'ils ne plaisantent pas et commence à gémir d'effroi. Ses halètements étouffés ont quelque chose d'effrayant, de lugubre, de désespéré…

Paul a bien saisi ce qui l'attend, lui aussi. Ses éternuements ont changé de registre et de tonalité. On dirait les hoquets rauques d'une bête traquée.

Il faut tirer Germaine et Paul des pattes de ces monstres. Mais je ne vois pas, hélas, comment nous allons pouvoir contrer les plans de ces brutes sanguinaires.

Celui qui semble être le patron arrache le fil du téléphone, puis assomme une à une les personnes qui gisent sur le sol. L'atrocité me soulève le cœur.

Les malabars jettent leurs otages dans la voiture. Le chauffeur monte avec deux acolytes et démarre. Le camion suit. Les autres membres de la bande enfourchent leurs machines et escortent la cargaison.

Deux complices demeurent cependant sur place avec une moto pour couvrir leur fuite. Ces chiens sales ne prennent aucune chance; il pourrait se pointer quelqu'un qui donnerait l'alarme.

— Attendez une demi-heure avant de venir nous rejoindre. N'hésitez pas à flinguer tout ce qui tente de s'approcher ou de déguerpir. Si un de ces saucissons se réveille, traitez-le au somnifère de coude.

Merde! Notre idée de prévenir la police dès qu'ils seraient partis ne tient plus. Je souffle à Sandrine:

— Ils auront le temps de se perdre dans la nature avant que nous puissions agir.

— Alors, c'est le moment de foncer; ils ne sont plus que deux.

— Ils sont armés!

— On va leur tendre un piège.

Elle m'explique son plan. Ça se tient. Je ne sais pas si c'est parce que j'ai connu tant de bonheur ou si c'est parce que mes amis sont en danger, mais je me sens bougrement téméraire. Je serais capable d'affronter le diable en personne avec un simple briquet!

Sandrine a trouvé une lampe de poche dans le coffre à gants de l'Estafette. Sous une des banquettes, traîne une grosse clé anglaise. Je m'en empare.

Nous sortons par une fenêtre brisée en tâchant de ne faire aucun bruit. Ma compagne se laisse glisser sur le sol, tandis que je grimpe sur le toit de la fourgonnette. Je m'allonge sur le ventre. On ne me verra pas; l'ex-véhicule est remisé dans l'angle d'un bâtiment qui fait ombrage. À cause de la pleine lune, la noirceur, par contraste, est quasi totale.

Je murmure:

— Vas-y, je suis prêt!

Sandrine commence à éructer comme quelqu'un qui dégueule péniblement.

Les deux bandits sursautent.

— Tiens! on en a oublié un. Va le cueillir pendant que je surveille le troupeau. On ne moufte pas un mot à nos associés et on se partage l'oseille. D'ac?

— Çartain, ma catin! Kek piasses de pluss, c'pas d'refus. J'vas t'ramener c'twit-là icitte jusse su'n'pinotte, tu wouas wouèrre!

Je reconnais la voix et le vocabulaire de Jim...! Ça ne me surprend qu'à moitié.

Il dépose son pistolet sur le siège de la moto et vient vers nous d'un pas décidé.

Je n'aime pas ça du tout! Notre plan prévoyait la réquisition d'un flingue. Je ne vois pas comment nous allons pouvoir affronter l'autre gorille à mains nues! Il pèse au moins cent kilos.

De toute façon, il est trop tard pour reculer. Empêchons d'abord Jim de nuire; nous improviserons le moment venu.

Il s'approche, certain d'avoir affaire à un soûlaud sans défense. Il contourne la fourgonnette et entre dans la zone obscure sans hésiter. Un skin n'a peur de rien et surtout pas d'un freluquet aviné.

Sandrine continue à feindre le vomissement pour endormir sa méfiance. Son imitation est tellement convaincante que j'en ai presque des haut-le-cœur.

— Ousqu'tut'cach', p'tit kriss de sale?

C'est du pur Jim. La France n'a pas réussi à améliorer son langage.

Sandrine en remet encore pour diriger la proie dans les mâchoires du piège.

Au moment où Jim va se saisir d'elle, elle allume la lampe de poche, la lui braque dans les yeux et l'éteint aussitôt. Ça ne dure pas un centième de seconde. La lumière l'éblouit et la surprise le fige sur place. J'ai tout juste le temps de le localiser. Je me jette sur lui et je l'assomme avec la clé anglaise.

Ça baigne dans l'huile! Jim n'a même pas échappé un ouff! Un coup d'œil m'assure que celui qui monte la garde n'a rien entendu. Il continue de siffloter en faisant les cent pas.

J'arrache le masque de Jim et lui enlève son blouson de cuir. Je m'empresse d'enfiler l'un et l'autre. Espérons que ce déguisement sommaire suffira à tromper la vigilance de son comparse.

— Il a laissé son arme sur la moto. Qu'est-ce qu'on fait? Je ne me sens pas de taille à attaquer ce géant avec une simple clé anglaise. Il va nous voir venir et nous tirer dessus.

— Il faut essayer de détourner son attention!

Sandrine défait les boutons de son chemisier. Je vois où elle veut en venir. Le coup est risqué et, s'il foire, c'est elle qui va déguster, c'est certain. Elle en est consciente, mais elle refuse de changer de tactique.

— Il n'y a rien d'autre à goupiller! Et ça urge! Il faut le mettre hors d'état de nuire avant que Jim ne sorte des vapes. Dans cinq minutes max, il aura repris conscience. Songe à nos amis en péril!

Je la saisis à bras-le-corps. Sa chair nue, qui tressaille contre ma poitrine, me trouble. Je la transporte vers le complice pendant qu'elle continue de feindre l'ivresse. À chaque pas, je dois la soulever et la pousser devant moi comme un sac de patates. Ne possédant pas la carrure de déménageur de Jim, j'essaie de me dissimuler derrière elle.

En apercevant Sandrine, le loubard s'excite. Je n'aperçois que le bas de son visage, mais c'est suffisant; le taré a les narines palpitantes et la bouche tordue. Avec ce loup sur les yeux, il a l'air d'un démon sorti de l'enfer.

— Ah! ah! c'est cette petite pétasse prétentieuse qui faisait tout ce ramdam! On a le temps de se la farcir avant de mettre les bouts.

Le stratagème fonctionne. Le voyou vient de tomber dans le panneau.

Pourtant, ça se gâte aussitôt:

— Mais c'est toi qui l'a dégotée; à toi l'honneur…

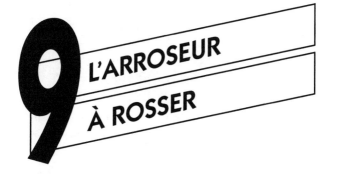

# 9 L'ARROSEUR À ROSSER

**U**ne boule d'angoisse me monte de la poitrine et roule dans ma gorge. J'ai beau essayer de déglutir, le motton refuse de se laisser avaler. Je ne peux pas, je ne veux pas jouer le jeu jusque-là! C'est trop sordide, à la fin! Il faut que j'invente une échappatoire – et rapidement!

Mais comment ne pas me trahir? Je ne possède pas la voix rugueuse de mon misérable compatriote. Si je parle trop, je vais mettre la puce à l'oreille de l'autre. Je dois pourtant décliner son offre d'une manière convainquante. Je ne peux pas refuser en disant simplement «non, merci», ça paraîtra louche. Il est urgent que je me découvre des dons d'imitateur, sinon notre combine va tomber à l'eau et je ne me le pardonnerai jamais.

Du sang-froid, que diable! Il s'agit de le mettre en confiance avec des expressions et des intonations qui ressemblent à celles de Jim. Pour quelqu'un qui n'est pas familier, peut-être que tous les Québécois ont le même accent. J'ai déjà trop hésité; il faut que je plonge. La crédulité, c'est comme un élastique, à force de tirer dessus il finit par vous péter à la figure!

D'une voix de gorge éraillée, je mâchouille d'abord les deux ou trois «kâliss-de-tabarnak» qui forment l'essentiel du vocabulaire de Jim. C'est toujours avec ces mots pleins de subtilité qu'il amorce, poursuit et termine ses phrases.

Ça doit sonner juste; le complice ne sourcille pas d'un poil. Je risque ensuite une tirade hachurée de jappements qui se prennent pour des mots. Il finit par comprendre que je préfère passer après lui parce que «tsé veux dire, man, kâliss!…».

— Comme tu veux. Chacun ses goûts. Allez, ramène-la par ici!

Nous touchons le but. Il ne se méfie de rien. Son flingue est resté logé dans sa ceinture. Pendant un moment, je me demande s'il ne vaudrait pas mieux essayer de m'emparer de celui qui est sur la moto et de tirer dans les jambes du voyou.

J'y renonce, je ne suis pas sûr que j'aurai assez de courage pour appuyer sur la gâchette. Je n'ai jamais tenu une arme dans mes mains; je vais trembler; il n'est pas certain que je saurai viser juste. L'autre va faire moins de chichis et nous descendre sans hésiter. Trop risqué. Vaut mieux s'en tenir au plan initial.

Je continue de pousser Sandrine vers la brute.

*Plus que trois pas et ça va être ta fête, petite tête-de-genou!*

Sûr de son coup, le voyou défait sa ceinture. Son arme tombe par terre. Il ne s'en soucie guère.

Le stratagème fonctionne, mais on ne peut encore jurer de rien. Tout peut foirer au dernier moment.

— Retourne-la, dit-il le souffle court et sifflant.

Sandrine se laisse manœuvrer mollement. Elle pourrait trembler de peur et craquer; mais non, elle garde courage et joue la comédie avec un aplomb indéfectible.

Le fumier s'avance, sûr d'assouvir ses bas instincts.

Mais il se trompe énormément; Sandrine lui prépare une surprise qu'il n'oubliera pas de sitôt.

Lorsqu'il pose ses sales pattes sur ses hanches, elle lui décroche une vigoureuse ruade. Directement dans les bijoux de famille!

Le pachyderme se plie en deux et part à reculons en poussant un long barrissement de douleur qu'on doit pouvoir entendre jusqu'à Dijon. Il s'immobilise trois mètres plus loin, puis pique du nez en se tenant le bas-ventre à deux mains. Il vomit de toutes ses tripes. Entre deux éructations, il hurle à la mort à s'en déchirer les cordes vocales.

Nous détachons d'abord monsieur Brissac. Il a peine à se tenir debout, mais il se hâte de son mieux en disant:

— Je cours chez le voisin téléphoner aux gendarmes!

Jean-Marc sort des vapes. Il se redresse en se massant la nuque, l'air ahuri. Ce faisant, il barre la route au vigneron. Celui-ci freine et bifurque pour éviter l'obstacle, mais s'accroche les pieds dans un dormeur. Il trébuche en hurlant de douleur. Sûr qu'il s'est foulé une cheville. Décidément, les lois de Murphy fonctionnent à plein régime, ce soir!

Je m'approche de Jean-Marc qui tente d'aider monsieur Brissac à se relever et je lui demande:

— Tout à l'heure, tu as téléphoné au Québec, n'est-ce pas?

Il tourne de grands yeux étonnés vers moi.

— Tu as appris qu'un mandat d'arrestation avait été émis contre Lapointe. Je me trompe?

— Mais comment le sais-tu?

— Je t'expliquerai plus tard. Il y a plus urgent pour l'instant.

Sandrine enfourche la moto des bandits et met le moteur en marche. Je glisse les deux pistolets dans ma ceinture et je monte derrière elle.

Jean-Marc abandonne monsieur Brissac et vient se jeter devant la machine pour essayer de nous empêcher de partir. Il ne sait rien de ce qui vient de se passer; il était dans les pommes au moment du double kidnapping.

— Où allez-vous?

— Il faut rattraper les bandits!

— Êtes-vous devenus fous? C'est beaucoup trop dangereux! Vous n'allez pas risquer vos vies pour une misérable somme d'argent. Laissez la police faire son boulot!

— Paul et Germaine ont été enlevés! Ils sont en danger de mort, il faut les secourir!

Sandrine braque à droite et contourne Jean-Marc. Il tente encore de s'interposer mais sans succès. Il court derrière la moto en nous criant de revenir.

Avant de disparaître dans la nuit, je me retourne et je hurle:

— Jim était dans le coup. Ne le laisse pas s'enfuir! Tu vas le trouver allongé derrière l'Estafette. Il est en train de méditer sur les propriétés soporifiques de la clé anglaise. Réveille-le; il pourra peut-être t'apprendre des trucs intéressants.

Nous sortons de la cour. Aussitôt sur la route, Sandrine tord la poignée de l'accélérateur à fond. La machine rugit, l'avant se soulève de quelques centimètres, puis elle part en trombe.

Nous n'avons pas une minute à perdre. Le temps que la police se mette en branle, il sera trop tard. Et moi, je sais où trouver les kidnappeurs. Ça serait trop long à expliquer à des flics endormis. Les poulets, par nature, ça possède des cervelles d'oiseau, non? Avant que l'évidence ne leur traverse la boîte crânienne, Germaine et Paul vont se faire découper en petits morceaux vingt fois. Vaut mieux tenter de les délivrer nous-mêmes.

À la sortie du village, Sandrine demande:

— Direction?

— Beaune – par l'autoroute et à pleins gaz, mon amour!

*Ai-je bien osé dire: mon amour?*

# 10 CRIMES ET BÂTIMENT

**P**endant que nous fonçons vers la capitale du vin, j'essaie d'assembler les pièces du puzzle.

Tout à l'heure, lorsque j'ai parlé de mandat d'arrestation à Jean-Marc, l'idée m'est venue comme un flash. Il serait exagéré de dire que j'allais à la pêche, mais ce n'était pas vraiment raisonné non plus. Il y a parfois de ces certitudes qui s'imposent d'elles-mêmes sans qu'on sache trop pourquoi. C'est comme si on possédait la faculté de tirer certaines conclusions avant d'analyser les éléments qui y conduisent. Il doit y avoir un mécanisme dans la caboche qui fonctionne plus vite que la logique. Je ne sais pas; un raccourci dans la tuyauterie de la matière grise; un court-circuit dans le câblage de la déductionneuse. Ça doit être ça, l'intuition.

Je crois avoir deviné juste en ce qui concerne le mandat d'arrestation, mais l'hypothèse «Beaune» est-elle fondée? Je le souhaite de toutes mes forces. Autrement, ce sera foutu pour Germaine et Paul. Si jamais les malfaiteurs ont emprunté une autre direction, on ne pourra jamais les retrouver. Et il est clair qu'ils ne leur feront pas de cadeau. Ils ne peuvent pas laisser la vie sauve à ces deux témoins. Après avoir abusé d'eux, ils vont les assassiner et les jeter dans un fossé comme des rats crevés.

Je frissonne d'horreur en évoquant les tourments que nos amis doivent endurer à l'heure qu'il est! J'imagine sans peine l'angoisse sourde qui les envahit. Chaque seconde qui passe se révèle encore plus terrible à vivre que la précédente! Peu à peu la certitude qu'ils vont connaître une fin atroce s'impose à leur esprit. Ils s'enfoncent dans le plus épouvantable, le plus gluant, le plus visqueux des désespoirs.

Paul et moi attendions tellement de satisfaction de ce voyage et voilà qu'il tourne au cauchemar! Mais pourquoi le destin s'acharne-t-il ainsi? Ces funestes lois de Murphy existeraient-elles vraiment, à la fin? Si oui, le scélérat qui est responsable de leur application a intérêt à se tenir à carreau! Je ne dois pas être le seul Terrien à avoir envie de lui crever les yeux et lui remplir le crâne de marc de Bourgogne!

Mais je garde confiance. Il y a trop d'indices à l'appui de mon hypothèse pour qu'elle ne comporte pas une part de vérité. Ça ne peut pas être une suite de coïncidences. Les enquêteurs qui se pointent à la poly au début de l'année. Le directeur qui autorise le voyage en France et qui décide d'y participer. L'arrivée inopinée de Jim dans notre équipe. Le fait que je l'aie aperçu avec Lapointe il y a trois jours. Ce dernier qui évite de se montrer. Le vin volé qu'ils vont devoir dissimuler quelque part. Ce *Boucher père et fils*, négociant éleveur en difficulté. Tout ça ne peut que donner du poids à mes suppositions.

À un moment donné, Lapointe a dû sentir la soupe chaude. Pris de panique, il a choisi de fuir à l'étranger. En feignant de nous accompagner aux vendanges, il pouvait quitter le pays sans éveiller les soupçons. Il n'était encore coupable de rien – légalement parlant. On ne pouvait pas l'empêcher de partir avant d'avoir établi des preuves solides contre lui.

Je ne sais pas quel crime il a pu commettre. Je suppose qu'il a dû détourner des fonds de l'école pour satisfaire un vice coûteux. De la drogue? Des petits garçons? Quelqu'un qui le fait chanter?

Ce que j'ai peine à m'expliquer également, c'est son association avec Jim. Pourquoi avoir choisi de s'acoquiner avec cet indécrottable abruti? Je connais des tas de magouilleurs à la poly qui sont autrement plus efficaces et surtout plus discrets et subtils que ce mufle sans cervelle.

Autre détail à éclaircir: Lapointe ne faisait pas partie du commando qui a pris d'assaut le vignoble Brissac. Avec sa corpulence, je l'aurais reconnu. Où se cache-t-il le lard, alors? Et quel rôle joue-t-il dans cette escroquerie? En serait-il le cerveau?

Il manque encore beaucoup d'éléments pour que mon histoire se tienne debout mais, en gros, elle m'apparaît plausible. On vérifiera tout ça en temps et lieu. Lapointe va me fournir les pièces manquantes du puzzle quand nous lui aurons mis la main au collet (l'opération ne va pas être facile, étant donné son quintuple menton).

J'explique à Sandrine comment j'en suis arrivé à déduire que les bandits devaient nécessairement se rendre à Beaune. Elle abonde dans mon sens.

— Ça coule de source! Il n'y a pas de meilleur endroit pour planquer du pinard. Que rêver de mieux qu'une ville où l'on en stocke déjà des quantités industrielles? Et pour que le picrate ne souffre pas trop, il vaut mieux que la planque soit à proximité.

♥

Nous nous engageons sur la bretelle qui rejoint le périphérique de Beaune. Cette voie de ceinture à été construite sur l'emplacement des anciennes fortifications. Je sais que ce n'est pas le moment de faire de la philosophie environnementaliste, mais je ne peux m'empêcher de penser que le progrès ne va pas toujours dans le sens que l'on croit.

Nous n'avons pas rattrapé le camion ni la voiture sur l'autoroute. Pourtant, ils ne peuvent pas être déjà arrivés à leur repaire. À moins que mes déductions ne soient fausses… Je ne veux pas y croire. Ils auront emprunté la Nationale 74 qui dessert chacun des villages. Les bandits n'ont sûrement pas résisté à la tentation de pirater d'autres vignerons et vendangeurs. L'occasion est trop belle!

Deux minutes plus tard, nous débouchons sur la place centrale. Il n'y a pas âme qui vive dans le secteur. Il doit être une heure du matin. Nous piquons une diagonale à travers le quadrilatère recouvert de pavés assemblés en mosaïque (on dirait une grappe de raisins). La rue que nous cherchons donne sur le coin nord-est, juste à côté du café-terrasse d'où j'ai aperçu Lapointe et Jim dans la DS-21.

Nous dépassons la maison *Boucher père & fils*. Nous camouflons la moto et revenons en longeant les murs. Silence complet aux alentours. Mon cœur, par contre, bat si fort que j'ai l'impression qu'il va réveiller le quartier.

Je confie un des pistolets à Sandrine. J'espère que nous n'aurons pas à nous en servir. Dans les films, les bons et les méchants se tirent dessus avec un peu trop de désinvolture à mon goût. Faire face à la mort, même celle des autres, c'est un peu plus rebutant dans la vraie vie.

Une fois, j'ai vu crever un type dans un accident de voiture. À la suite de cette pénible expérience, j'ai développé une forte répugnance pour les cadavres encore chauds.

Le malheureux était étendu sur l'asphalte, cassé en petits morceaux, baignant dans son sang. Il gémissait et tournait des yeux terrifiés en tous sens. Et puis, il s'est raidi, a eu un spasme et n'a plus bougé. Ses pupilles, l'instant d'avant remplies d'épouvante, sont devenues étrangement fixes et vitreuses. Ce regard vidé de toute expression m'a laissé une impression d'anéantissement que je ne pourrai jamais oublier. Depuis, je fais preuve d'un immense respect pour la vie.

C'est pourquoi je crois qu'au lieu de radoter les mêmes clichés remplis de bons sentiments, les profs devraient plutôt organiser des visites régulières dans des cliniques d'urgence. En voyant de près de quoi ça a l'air un pauvre gueux en train d'avaler son certificat de naissance, les jeunes cesseraient peut-être de jouer du couteau. Ça leur ferait peut-être comprendre que nous n'évoluons pas dans un jeu Nintendo. Une fois mort, c'est pour la vie, si je peux dire. Il n'y a pas de bouton *reset* pour ranimer Super Mario et le relancer dans la grande course à obstacles de l'existence.

♥

La porte cochère est fermée à clé. Pas question de la défoncer, elle est solide et il y a sûrement des gens qui montent la garde à l'intérieur. Un mur de cinq ou six mètres de haut ferme la cour. Il est recouvert d'une épaisse couche de lierre; nous y grimpons sans hésiter. Souhaitons que la végétation tienne bon. Ce n'est pas le moment de nous rompre les os.

Une fois en haut, Sandrine chuchote:

— Le lierre ne pousse que du côté de la rue. Si on se jette de cette hauteur, on va se refouler le col des fémurs jusqu'aux aisselles.

La pleine lune permet d'y voir assez bien. La palissade fait un coude et va rejoindre le corps du bâtiment au fond de la cour.

— Tu vois cette grosse tache blanchâtre près du mur?

— Une remorque-citerne! Des échelles sont soudées à ses flancs. Allons-y!

Nous avançons à quatre pattes sur ce mur étroit. D'un côté, la cour; de l'autre, à deux mètres, une rangée d'arbres faisant partie de la propriété voisine. Il n'y a pas eu de chat parmi mes ancêtres; aussi je trouve l'exercice très périlleux. Nous mettons dix bonnes minutes pour atteindre le bâtiment.

À ce moment, nous entendons un véhicule qui s'approche. Peu après les portes s'ouvrent. Un camion s'apprête à entrer.

— Vite, il faut se planquer. Aussitôt qu'il se tournera le nez, nous allons être en plein dans le champ des phares. Sautons dans un de ces arbres.

Une enjambée de deux mètres, ce n'est pas la fin du monde, mais si on rate la marche, on va se casser le cou. Jane plonge sans hésiter. Tarzan la suit courageusement. Nous voilà agrippés aux branches d'un énorme platane. L'abri est sûr.

Nous grimpons de quelques mètres pour continuer de voir jusqu'au fond de la cour. Le poids lourd pointe sa gueule de bouledogue. Il s'agit bien du véhicule utilisé pour perpétrer le coup de piraterie chez M. Brissac. Il est suivi de la voiture dans laquelle Germaine et Paul ont été jetés.

Mon hypothèse est donc fondée même si les motos ne sont pas de la partie. Les gangsters ont intérêt à se montrer discrets; les voisins pourraient se poser des questions. Probable aussi que le reste de la bande a poursuivi son ratissage vers le sud. Ceux-là sont venus planquer le vin volé et confier leurs otages à des complices. Ils vont repartir pour une autre virée aussitôt que la cargaison sera déchargée.

Trois hommes descendent de voiture et poussent Paul et Germaine devant eux. Nos amis ont les mains liées. Le fait qu'on n'ait pas pris soin de leur bander les yeux parle de lui-même. Ils vont les liquider!

Des gens sortent du bâtiment pendant que la cour s'illumine. Il s'ensuit un branle-bas de combat feutré. Ils s'activent à trans-vider le vin volé dans des cuves adéquates avant qu'il ne se dégrade trop. Sûr que le pinard va souffrir du voyage et qu'on ne pourra pas le vendre au prix d'un grand cru classé Chambolle-Musigny. Malgré tout, l'affaire va se révéler rentable, puisque le coût de production est quasi nul.

— Maintenant que nous connaissons le repaire des bandits, prévenons la police. Il y a des cabines téléphoniques sur la place.

Nous dégringolons les branches en qua-trième vitesse.

Cinq minutes plus tard, Sandrine est en ligne avec la Gendarmerie nationale de Dijon. Elle explique l'attentat en long, en large et en travers. Je colle mon oreille à l'écouteur.

— Quelqu'un a déjà porté plainte et une auto patrouille vient d'arriver à Chambolle-Musigny. Mais dites-moi: qui êtes-vous et d'où appelez-vous?

— Écoutez, il n'y a pas une minute à perdre; c'est une question de vie ou de mort. Les bandits ont pris deux otages. Il faudrait cerner la maison *Boucher père et fils* à Beaune…

— Nous savons ce que nous avons à faire. Les gendarmes décideront eux-mêmes des mesures à prendre. Encore une fois, veuillez vous identifier?

Sandrine raccroche.

— Rien à faire avec ce rond-de-cuir. Il raisonne comme un formulaire.

— On va bien trouver un commissariat ouvert quelque part dans Beaune.

— Tu as raison. Il y a sûrement une permanence d'assurée. En personne, on sera plus convaincants. Planquons d'abord nos flingues sous le siège de la moto. C'est soupçonneux, ces flicmuches! S'ils nous pincent avec ces pétards en poche, ils vont nous embastiller jusqu'à la prochaine glaciation!

L'annuaire du téléphone nous apprend que le commissariat est situé au sud de la ville sur la route de Chagny. La grosse Honda nous y emmène en moins de rien.

Il flotte dans le commissariat des odeurs de tabac, de pieds sales et de pâté de foie «fatigué». Un flic à moitié endormi nous reçoit. On le dérange, c'est certain.

— Qu'est-ce que c'est? dit-il en échappant un bâillement.

— Des bandits ont volé la récolte de vin de monsieur Brissac à Chambolle-Musigny et…

— Ce n'est pas sur notre territoire; cette commune relève de la préfecture de Dijon…

— Attendez! Ils ont pris des otages et amené le butin ici à Beaune…

— Dites donc! Comment savez-vous cela, vous deux? Et d'abord, comment se fait-il que vous ne portiez pas de casques de sécurité? Vous savez que vous êtes en infraction! Ça va vous coûter cher, mes gode-lureaux! Faites voir votre permis de conduire et la carte grise de la bécane. Et plus vite que ça!

En flairant la contravention possible, le flic s'est réveillé aussi sec. L'œil inquisiteur et la moustache frémissante, il nous détaille comme s'il voulait nous avaler tout rond.

Merde, on aurait dû y penser! La moto a sûrement été volée! On va être accusés du méfait! Et les deux pistolets vont encore aggraver l'affaire. Avant qu'on ait pu se disculper, Germaine et Paul ont le temps de mourir de vieillesse – et ce n'est pas le plus grand risque qu'ils courent en ce moment!

Sandrine me jette un coup d'œil en coin qui en dit long. Je la reçois cinq sur cinq: «On s'est gourés. Inutile de discuter avec ce sac-à-merde, il faut se tirer d'ici en catastrophe».

Le plus naturellement du monde, elle dit au flic:

— Les papelards sont sous le siège de la moto. Je vous les apporte tout de suite, monsieur le gendarme.

Lorsque Sandrine sort, une sonnerie de téléphone retentit dans le commissariat. Quelques secondes plus tard, le fax commence à éjecter du papier. Le poulet, suspicieux comme un directeur d'école, suit ma copine des yeux sans montrer le moindre intérêt pour la machine.

Dehors, Sandrine feint de faire basculer la selle sans y parvenir. Elle me crie:

— C'est toi qui a la clé, viens!

D'une mimique soumise, je quémande une permission au gros lard. À côté de lui, le télécopieur achève d'imprimer une feuille et la crache dans le panier de réception. Ce que j'y aperçois me glace de stupeur.

Le poulet remarque mon trouble et suit mon regard pour voir ce qui l'a provoqué.

Je n'ai plus une seconde à perdre. Je prends mes jambes à mon cou et je rejoins Sandrine qui a déjà lancé le moteur de la Honda. Nous démarrons en trombe sous l'œil médusé du flic.

— Mets toute la sauce; ça ne rigole plus! Il faut se perdre dans la nature au plus sacrant: nous sommes recherchés pour meurtre!

## 11 DES CONDOMS QUI PRÉSERVENT

— **Q**u'est-ce que tu me racontes là?

— Je viens de voir nos deux binettes sortir du fax du commissariat. J'ai reconnu ma photo de passeport. Ça veut dire que les flics sont passés chez M. Brissac et qu'ils ont fouillé le dortoir. Autrement, où auraient-ils pu se procurer une photo de moi? Et la tienne?

— Ils ont dû trouver mon permis de conduire dans mon sac. Mais qui a été assassiné?

— Je ne sais pas. Lorsque le chef de la bande a assommé tout le monde, il y est peut-être allé un peu fort. Les flics ont sans doute pris notre départ pour une fuite.

— Quoi qu'il en soit, il faut se planquer en attendant que la poussière retombe et qu'on sache exactement ce qu'on nous reproche.

— Tu as raison. Une fois en prison on ne pourra plus porter secours à Germaine et Paul. Retournons chez *Boucher père & fils.*

— Excellente idée! Il n'existe pas d'endroits plus sûrs qu'au milieu des loups.

♥

La porte cochère n'a pas été refermée à clé. Nous nous glissons furtivement dans la cour. En rasant les murs, nous allons nous cacher derrière la citerne vide.

Au même moment, deux bandits sortent de la maison. Ils désaccouplent le tracteur de la première citerne et le rattachent à celle qui nous sert de paravent.

— Merde! On va se retrouver à découvert.

Un troisième larron se pointe alors avec Germaine qui ne cesse de hoqueter des sanglots désespérés.

144

— Tenez, les mecs, emmenez-la, elle est à vous. Il n'y a qu'une seule consigne: après la rigolade, elle ne devra plus pouvoir aller déballer son histoire aux perdreaux. Vous voyez ce que je veux dire?

— Compte sur moi patron, dit le conducteur. Quand on en aura fini avec elle, elle ne pourra même plus se souvenir de son blaze.

Il lance le moteur et enclenche la première vitesse. Sandrine me regarde, puis lève les yeux vers le haut. J'ai compris. Nous agrippons les barreaux de l'échelle soudée au flanc et nous montons vivement sur le réservoir. Pour ne pas être vus de ceux qui restent, nous nous couchons à plat ventre sur le métal froid. L'attelage démarre en se balançant.

Lorsque le tracteur s'engage sous la porte, je me rends compte que nous sommes hors gabarit. Dans moins de dix secondes nous allons être broyés à mort sous le linteau.

— Vite, donne-moi tes mains.

On s'empoigne poignets à poignets et on se laisse glisser chacun de son côté de manière à se faire mutuellement contrepoids. Ça passe tellement serré que la pierre m'érafle les jointures.

— Il faut immobiliser le camion au plus vite!

Tout à coup, je me souviens des mauvais tours que mes amis et moi on jouait aux voisins quand on était jeunes. On prenait une grosse patate et on l'introduisait dans le tuyau d'échappement des voitures. C'était suffisant pour les empêcher de démarrer. Il nous manque la patate, mais ça doit pouvoir se remplacer.

— Viens, j'ai une idée.

Nous rampons vers l'avant de la citerne. Ça tangue et ça roule salement. Il faut arriver à nos fins avant de sortir de la ville. Après, en raison de la vitesse, l'opération va être trop risquée.

Il y a une échelle à cette extrémité également. Je retire le blouson de cuir que j'ai emprunté à Jim et je descends entre le tracteur et la remorque. Sandrine me rejoint. La cheminée d'échappement monte le long de la cabine, côté passager. Elle est coiffée d'un clapet qui se referme de lui-même lorsque le moteur s'arrête afin d'éviter que la pluie pénètre dans le tuyau.

— Tiens ce bout de manche, moi je tiens l'autre. L'idée est de balancer le reste par-dessus la cheminée puis de tirer chacun de son côté. Allez, on y va!

Le dos du blouson se pose sur le clapet et, grâce à nos tractions, le maintient fermé. D'abord, il ne se produit rien. Nous venons

146

de quitter la ville et le camion prend même de la vitesse. Notre position devient de plus en plus précaire. Il suffirait d'un cahot un tant soit peu profond pour nous désarçonner et nous projeter sous les roues du mastodonte.

Heureusement, le manque d'air finit par se faire sentir; le moteur commence à toussoter. Mais la partie n'est pas encore gagnée pour autant. Le tuyau est extrêmement chaud; ça pue drôlement la peau de vache brûlée. Notre dispositif va peut-être lâcher avant d'avoir accompli son œuvre.

Après de longues secondes, le moulin cesse enfin de tourner. Le conducteur se gare sur le bord de la route et essaie en vain de le relancer. On l'entend jurer. Il se résout à descendre jeter un coup d'œil sous le capot.

Dans la cabine, l'autre type doit être en train de s'en prendre à Germaine, car on l'entend se débattre et hurler.

— Merde! on a laissé les pistolets sous le siège de la moto, murmure Sandrine. Il faut pourtant faire quelque chose?

— On va donner une leçon à ce salaud.

J'ouvre brusquement la portière. On attrape le bandit par le bas du pantalon et on tire de toutes nos forces. Avant qu'il n'ait le temps de se demander ce qui lui arrive, il se pète la margoulette contre le bord du marchepied et roule sur l'asphalte, inconscient. Il va rester tranquille pendant quelques minutes.

— C'est nous Germaine; vite, sors de là!

Je défais ses liens en vitesse. Nous plongeons par-dessus le fossé et nous rampons vers l'unique touffe d'arbustes qui se découpe sur le ciel étoilé.

Sans doute intrigué par le bruit, l'autre bandit relève la tête et demande:

— Qu'est-ce que tu fous Firmin? File une taloche à cette petite pétasse et vient me donner un coup de paluche.

N'obtenant pas de réponse, il descend de son perchoir et trouve son copain étendu sur le sol. Firmin doit sortir des vapes; je l'entends gémir.

— Tu t'es laissé posséder par cette radasse, espèce d'engourdi! Si on ne la retrouve pas, ça va chauffer pour nos plumes. Relève-toi, enfoiré! Il ne faut pas la laisser s'échapper. Quel côté elle a pris?

— Je n'en sais foutrement rien, bordel! Elle a eu de l'aide de l'extérieur. Deux zigs, au moins. Ils m'ont tiré par les pieds.

Le conducteur retourne dans la cabine à toute vitesse et revient avec un projecteur qu'il allume aussitôt. Horreur! il est armé d'un fusil à canon tronqué.

— Ils ne peuvent pas être bien loin.

Il balaie les champs et découvre rapidement qu'il n'y a qu'une seule cachette possible dans les environs.

— Je suis sûr qu'ils se terrent dans ce
buisson. Tiens, prends la lampe et fais-moi
de la lumière. On va les débusquer et les
abattre comme des lapins. Au train où vont
les choses, j'ai bien peur qu'on soit obligés
de déguster la petite en viande froide!

Ils enjambent le fossé et se dirigent vers
nous. La trouille me fait tourner le cerveau à
plein régime; il me vient une idée. J'extraie
ma douzaine de condoms de ma poche. J'en
donne quatre à Sandrine, quatre à Germaine
et je m'occupe des quatre derniers.

— Sortez-les de leur enveloppe, déroulez-
les et attachez-les bout à bout. Ça urge! Ces
salauds n'hésiteront pas à nous flinguer.

Les deux malandrins s'approchent. Parfois le faisceau de leur lampe nous aveugle.

Une fois les trois brins confectionnés, je
les assemble en une seule tresse grossière.

— Qu'est-ce que tu fabriques? demande
Sandrine.

— Une catapulte! Tiens, prends ce bout-
là et toi, Germaine, l'autre. Il faut tirer chacun
de votre côté de manière à tendre l'élastique
légèrement. Essayez de ne pas bouger.

J'ai parlé trop fort. Celui qui tient le fusil
dit:

— Jette ta loupiote de ce côté-là, j'ai entendu du bruit. Rapproche-toi de moi, abruti, je ne vois pas la mire.

À tâtons, je finis par mettre la main sur un caillou de la grosseur d'une balle de golf.

Le type lève son arme et la pointe dans notre direction. Il va bientôt faire feu...

Je pratique une poche au milieu de l'élastique et j'y place mon projectile. Je le pince entre mes doigts et je tire au maximum. Les filles tiennent bon. En me servant de la lampe comme point de repère, je cherche à viser le tireur. Lorsque l'assemblage de condoms est bandé(!) au maximum, je lâche tout.

Je suis tellement énervé que j'ai l'impression que les secondes qui suivent se déroulent au ralenti. D'abord un sliffff discret et caoutchouteux qui n'en finit plus. Temps mort. Craquement d'os. Re-temps mort. Hurlement horrible.

Tout de suite après, le film passe en accéléré. On dirait que les événements se superposent: détonation, mouvements désordonnés d'ombres chinoises, faisceau de lumière qui part en tous sens, tout ça arrive au même moment. Puis le silence retombe.

Pendant quelques instants nous restons abasourdis. Les chevrotines que nous avons entendu siffler au-dessus de nos têtes nous ont coupé le... sifflet.

150

Je m'approche en rampant. La lampe de poche est tombée dans l'herbe. Les deux mecs sont groggy. Mon caillou a dû atteindre le tireur en plein front au moment où il appuyait sur la gâchette. Il a échappé son arme en même temps que le coup partait et le recul l'a projetée dans la figure de l'autre.

Sandrine vient me rejoindre. En dépit de la gravité de la situation, elle ne peut s'empêcher de dire:

— Je n'aurais jamais cru que des condoms pouvaient provoquer des MTS!

— ???

— Des Maux de Tête Soudains, Éric chéri!

Ça ne fait pas rire Germaine qui est toute tremblante de terreur. Nous tâchons de la réconforter sans trop de succès. Sa mésaventure l'a vraiment secouée.

— Filons avant qu'ils ne se réveillent.

— Il faut aller délivrer Paul sans tarder.

— Emparons-nous du camion!

— Tu sais conduire un poids lourd, toi?

— Non, mais un de mes grands-pères était camionneur. Je dois avoir ça dans le sang.

Pendant que je me débats avec le levier de vitesses et la pédale d'embrayage, Germaine nous raconte son cauchemar. Elle l'a échappé belle. À part le type de tantôt, personne n'a essayé d'abuser d'elle; ils étaient trop occupés à mettre le vin en lieu sûr. Mais il était clair qu'elle allait y passer une fois le boulot terminé. Il était clair également qu'ils ne lui laisseraient pas la vie sauve. Elle avait perdu tout espoir.

À mesure que nous approchons de l'établissement *Boucher père & fils*, la peur qui l'habite se change en colère froide. Elle est déterminée à en faire baver à ses kidnappeurs.

Tout semble tranquille chez le négociant éleveur. Pendant que les filles inspectent les lieux, j'emplis mes poches de cailloux gros comme des œufs de poule. J'ai en tête des projets d'omelette…

— Regardez, il y a une lucarne dont les volets ne sont pas fermés. On va pénétrer dans la maison par cette fenêtre.

— Comment allons-nous grimper jusque-là?

— Il y a un grand platane dont une des branches effleure le toit.

Sandrine passe devant. Je lui fais la courte échelle; elle attrape la première branche et s'y hisse d'un mouvement souple. Je procède de même avec Germaine. Les deux filles me tendent ensuite la main et tirent.

Nous grimpons facilement jusqu'au sommet de l'arbre. À partir de là, la gymnastique devient un peu plus hasardeuse. Germaine, plus résolue que jamais, s'aventure la première.

En attendant mon tour, je me taille une branche en forme de fourche avec mon canif. J'y attache solidement ma tresse de condoms. Si j'ai besoin de tirer un coup, je vais être paré...

Je rejoins les filles qui sont déjà sur le toit. Les volets sont ouverts mais la fenêtre est fermée. Elle est constituée de plusieurs petits carreaux. Je gratte le mastic de l'un d'eux et, en moins de rien, il est délogé de son cadre. Il n'y a plus qu'à glisser une main à l'intérieur et tourner l'espagnolette. J'en suis à me demander si je n'aurais pas été cambrioleur dans une vie antérieure.

On pénètre dans une salle de bains. Au moment où on va en sortir, on entend des pas qui approchent. On s'entasse dans la douche et on tire le rideau translucide. On cesse de respirer pour ne pas se trahir.

*Me voilà encore une fois pris en sandwich entre les deux plus belles filles du monde sans pouvoir faire quoi que ce soit. Murphy* rides again!

Un type entre et commence à pisser en chantonnant. Il me semble reconnaître cette voix. Cette silhouette floue, que je devine à travers le plastique laiteux, me paraît familière, également. Ce n'est pas possible, je dois avoir la berlue…

Je risque un œil.

*Ben, ça alors!*

L'homme vient de finir de s'épancher. Il est en train de se secouer l'asperge à moustache pour l'égoutter. Il va foutre sa saloperie partout s'il continue comme ça.

Lorsqu'il a bien arrosé la porcelaine, il penche le tronc vers l'avant en sortant le derrière d'un mouvement brusque afin de rétracter sa plomberie. En faisant cela, il projette une dernière goutte dans le miroir.

Et cet homme, aux manières si peu hygiéniques, n'est nul autre que Jean-Marc!…

# 12 CUVÉE TRÈS SPÉCIALE

**J**'en reste comme deux ronds de flan. Comment est-ce possible? Qu'est-ce que Jean-Marc fabrique ici? Il n'y a pas deux heures, il se remettait à peine d'un coup de crosse à la tempe.

Heureusement, il ressort sans s'attarder. Nous commencions à manquer d'air.

— Vous y comprenez quelque chose, vous autres?

— La bouteille d'encre!

— La purée de caviar!

155

— Le baril de merde, vous voulez dire!

Nous sortons de la salle de bains sur la pointe des pieds. Nous débouchons sur une mezzanine perchée sur la poutre maîtresse de l'édifice.Notre petite troupe se couche par terre et rampe jusqu'à un garde-fou.

À travers les barreaux, nous jouissons d'une vue parfaite sur une immense salle. Je compte douze grandes cuves de fermentation pleines de vin rouge recouvert d'écume bouillonnante.

Sur les passerelles qui courent de l'une à l'autre, quatre hommes s'activent. Ils brassent le liquide avec de longues cuillères qui ressemblent à des avirons. Ils sont constamment secoués de fous rires. Les vapeurs d'alcool qui flottent dans l'air ont dû les rendre un peu pompettes.

D'ailleurs, je sens que l'euphorie me gagne. Il faudra nous montrer prudents; ébriété et témérité vont souvent de paire.

À travers les gargouillis feutrés de la vinification, nous entendons des bruits de voix. On dirait que ça vient d'en dessous. J'aperçois un halo de lumière qui perce à travers un nœud dans le plancher. Je colle un œil contre le trou. Pas de surprise: c'est Lapointe qui discute avec Jean-Marc. La flaque est manifestement très en colère. Il hurle:

— Qu'est-il arrivé à Jim?

— Écoute, papa...

*Papa?*

— ...je n'ai pas eu le choix. Si les flics avaient trouvé un Québécois parmi la bande, ils auraient facilement remonté la filière. J'ai dû l'achever afin de le faire passer pour une victime des pirates.

Lapointe tourne à l'écarlate.

— ...Rassure-toi, j'ai utilisé un mouchoir. Les enquêteurs ne vont trouver que les empreintes d'Éric sur la clé anglaise...

— Misérable! Tu as tué mon fils!

*Son fils?*

À ce moment, mon attention est détournée par une salve d'éternuements.

— Ça ne peut être que Paul! Occupons-nous de lui d'abord. On verra ensuite pour ces deux gredins.

— Il doit être ligoté quelque part au fond de la salle.

— Passe-moi ton canif Éric, je vais aller le délivrer! déclare Germaine. Je sais exactement dans quel désespoir sordide il s'enfonce.

— Impossible de te rendre jusqu'à lui sans attirer l'attention.

— Je vais passer par la poutre...

— Si jamais un des bandits lève la tête, il va t'apercevoir. Et puis, il ne serait pas sage de nous séparer.

— Seule, j'ai de meilleures chances de me faufiler en douce.

— Mais c'est de la folie!

— Comprends-moi bien, Sandrine! Si je n'accomplis pas immédiatement quelque chose de risqué, je ne retrouverai jamais plus la confiance que j'avais en moi. Je ne peux pas passer le reste de ma vie à avoir peur! Il faut que je m'invente du courage pour survivre à l'épreuve que j'ai subie cette nuit!

— Germaine a raison. Tiens-toi prête, je vais essayer de m'en payer un pour distraire les autres.

Je pêche un gros caillou dans ma poche et je l'insère dans l'élastique de mon lance-pierres, pris en étau entre mon pouce et mon index. Je vise celui qui est le plus proche. Je m'ajuste longuement; je ne peux pas me permettre de rater mon coup.

Avant que mes bras ne se fatiguent trop, je «fais feu». La pierre atteint le type à la tempe. Il échappe un hurlement de douleur avant de basculer tête première dans la cuve qu'il était en train de touiller. Aussitôt, ses trois complices se portent à son secours. C'est le temps où jamais d'agir.

Germaine enjambe le garde-fou et s'élance sur la poutre. Il s'agit d'une pièce de bois grossièrement équarrie qui fait à peine une quinzaine de centimètres de large. Elle court là-dessus avec l'agilité d'une chatte de gouttière. À mi-chemin, il y a un lien de faîtage qui fait obstacle. Elle s'y arrête, juste au-dessus de la cuve où patauge la victime de mon lapidage.

Ses comparses doivent penser qu'il a chuté à la suite d'une maladresse, car ils se moquent de lui. Ils le tirent du sirop sans remarquer sa blessure, *because* le vin couleur sang. Ils le couchent sur le dos sur la passerelle. Lorsqu'il ouvre les yeux, il pointe le doigt vers Germaine.

— Merde! il l'a aperçue!

Je recharge mon lance-pierres et je tire. J'atteins un des types à la poitrine. Il pousse un cri, mais reste debout. Je n'aurais peut-être pas dû... Ils savent maintenant où l'on se cache.

Germaine profite néanmoins du moment de diversion et poursuit sa course. Elle atteint rapidement l'autre extrémité. Elle se laisse glisser le long d'un tuyau et disparaît derrière les cuves. Quelques secondes plus tard, les éternuements cessent. C'est bon signe.

De notre côté cependant, les choses se gâtent. Les quatre malandrins sont sur un pied de guerre. Ils vont nous localiser rapidement. Je joue le tout pour le tout et je poursuis ma lapidation assistée par condoms. Après trois essais infructueux, j'en mets deux K.O. en autant de coups. Je ne sais pas si c'est le vin, mais je jubile.

Ceux qui restent commencent à hurler en faisant de grands signes vers la mezzanine. Ils descendent de la passerelle en courant.

Alertés par le chahut, Jean-Marc et Lapointe sortent du bureau. Ils sont à trois mètres à peine en dessous de moi.

Je tâte mes poches. Plus qu'un caillou. Ça sera peut-être mon dernier geste sur terre, mais c'est trop tentant. Cette grosse tête chauve constitue une cible de choix. Je vise le reflet sur le sommet du crâne en me remémorant toutes les frustrations accumulées au cours des cinq ans de dictature de ce pachyderme. Il pique du nez.

Lapointe ne le sait pas encore – moi non plus, du reste –, mais je viens de lui sauver la vie.

Jean-Marc se joint aux bandits encore valides. Ils montent vers nous.

— La place n'est plus tenable, il faut décrocher!

— Allons rejoindre Germaine et Paul. Il y a peut-être une issue de ce côté-là.

Nous enjambons le garde-fou et courons sur la poutre. J'entends Jean-Marc crier des ordres:

— Ne tirez pas! Les voisins vont entendre. De toute façon, ils ne peuvent pas nous échapper! Restez ici vous deux, je vais aller les cueillir à l'autre bout.

— Il va arriver avant nous, c'est certain!

— Sautons!

— C'est trop haut, on va se tuer!

— On n'a qu'a plonger dans une cuve. Pince-toi le nez, il faut y aller; on n'a pas le choix!

Je me jette dans le vin les pieds devant. Le liquide est très chaud. Je ferme les yeux, autrement je n'y verrai plus pendant au moins trois semaines! Et ce n'est pas le moment d'entreprendre une cure de sommeil.

Je refais surface comme un bouchon. Dès la première inspiration, j'ai la tête qui commence à tourner. Je ne pourrai pas tenir longtemps dans ce cloaque saturé d'alcool. À chaque fois que je respire, j'ai l'impression d'avaler un litre de gros rouge.

Mes forces s'amenuisent rapidement. Je parviens à m'accrocher au rebord de la cuve. De peine et de misère, je saisis un des tubes de métal qui bordent la passerelle. C'est bête à dire mais je suis dans un état d'euphorie que seul l'alcool peut expliquer. Je suis en train de me soûler alors même que ma vie est en danger.

Un dernier effort et je me hisse hors la cuve. Je suis tout étourdi. La réalité s'ennuage! Nébulosité croissante avec risque d'adversité en fin de parcours. Tiens, voilà que je délire!

Sandrine sort du bouillon à son tour. On éclate de rire comme deux malades. Il faut pourtant se secouer, la mort est à nos trousses.

On se met debout tant bien que mal. En dépit de la brume que j'ai dans la tête, j'aperçois Jean-Marc à une des extrémités de la passerelle. Je me retourne: l'autre issue est bloquée par deux hommes. Nous sommes pris dans une souricière!

Jean-Marc s'avance vers nous à pas lents, la bouche tordue par un méchant rictus. Ses yeux de fou nous fixent sans cligner comme ceux d'un serpent qui s'apprête à se darder sur une proie. Il laisse glisser ses mains sur la tubulure du garde-fou pour bien s'assurer de nous couper la retraite. Ses grosses bagues raclent le métal à la manière d'un ongle qui égratigne un tableau vert. Ses complices adoptent la même stratégie. L'étau se resserre...

— Essayons de forcer la ligne du côté de Jean-Marc, c'est le côté le plus faible.

Juste comme nous allons prendre notre élan, nous apercevons Paul et Germaine entre deux cuves au pied de l'escalier qui donne accès à la passerelle. Ils nous font des signes que je ne comprends pas tout de suite. C'est lorsque Paul brandit un fil électrique que je devine où il veut en venir. Par un hasard fou, le plancher de la passerelle est en bois et mon copain a tout de suite su quel parti il pouvait en tirer.

Je murmure à l'oreille de Sandrine:

— Ne touche surtout pas aux garde-fous.

Jean-Marc s'arrête à trois pas de nous. Il est méconnaissable, tellement ses traits sont déformés par la folie.

— Je ne vais pas vous laisser briser le rêve de toute une vie: devenir enfin riche! Fini, la polyvalente! Fini, la bande de morveux qui me courent sur les rognons du matin au soir! À moi la grande vie, désormais...

Il parle en balançant le tronc d'avant en arrière. Il est clair qu'il n'est pas dans son état normal.

— ...Votre curiosité vous a perdus; vous allez mourir...

Je me retourne. Un des bandits vient de sortir un couteau. L'autre ferme la marche en serrant le garde-fou.

C'est à ce moment que Paul branche le jus sur les tubes qui bordent la passerelle.

La tension est normalisée à 220 volts en France. Aussi, on entend un crépitement sec et Jean-Marc s'allume comme une lampe à incandescence. Incapable de relâcher sa poigne, il est secoué de convulsions terribles. Une boule de feu ne cesse d'aller et venir en suivant le circuit formé par ses bras et ses épaules. Ses cheveux et ses vêtements s'enflamment.

Il s'effondre en hurlant à tous les diables. Même si Paul a coupé le courant, ses mains restent accrochées aux tuyaux. C'est à peine croyable: ses bagues ont fondu et se sont soudées au métal. Jean-Marc continue de se consumer, pendu les bras en croix. Le spectacle est proprement infernal.

Le bandit armé du couteau a été épargné. Il s'élance vers nous mais, au même moment – taratata tataaa! – la cavalerie rapplique. Un contingent de robustes gendarmes investit la place...

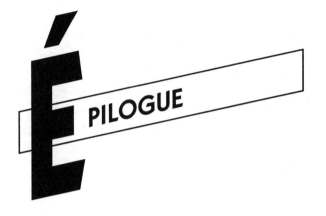

# ÉPILOGUE

**L**a Rochelle, ce sera pour un prochain voyage. Depuis cinq jours, je file le parfait amour avec Sandrine dans sa petite mansarde des hauteurs de Belleville. Par la lucarne, nous apercevons les tours Eiffel et Montparnasse qui se dressent à l'autre bout de Paris.

Nous ne quittons le lit que pour aller faire les courses et nous promener dans la cité. Les ponts et les îles de la Seine, la Conciergerie, l'Hôtel de ville, Notre-Dame, le

Louvre, les Tuileries, la flèche de la Sainte-Chapelle qui pointe par-dessus l'enceinte du Palais de justice, partout je cours de ravissement en ébahissement. Même le cimetière du Père-Lachaise a quelque chose de très particulier.

Parfois, on se perd dans le fouillis de ruelles du Quartier latin. Au lieu du damier habituel, les rues sont disposées en étoile, de sorte qu'à chaque carrefour, il s'ouvre des perspectives à vous couper le souffle.

Il n'y a qu'une ombre à notre bonheur: je repars demain...

♥

Lorsque tout a été tiré au clair dans l'après-midi suivant l'attentat, les flics nous ont enfin laissé partir.

Sandrine et moi, on s'est traînés jusqu'à un petit hôtel près de la gare de Beaune. On était morts de fatigue, mais il y avait urgence. C'est là que mes hormones ont eu raison des lois de Murphy. C'est là que j'ai compris une évidence: le sexe peut très bien se passer de l'amour, mais l'amour ne pourra jamais se passer du sexe. Je me souviendrai de ce jour jusqu'à mon dernier râle!

♥

Lapointe n'a pas fait d'histoires pour se mettre à table. Au fond, c'est un pauvre type qui n'a pas eu de chance. Il a traversé la vie sur le mauvais versant, voilà tout.

Jean-Marc est issu d'un premier mariage qui s'est terminé par un suicide.

À la fin des années soixante-dix, alors qu'il était prof de catéchèse, Lapointe a eu une aventure avec une de ses étudiantes. Neuf mois plus tard, Jim, de triste mémoire, sortait du néant sans savoir que son demi-frère l'y réexpédierait dix-sept ans plus tard.

La fille était mineure; ses parents ont accepté d'écraser le coup en échange d'une pension à vie. Pour s'assurer que Lapointe n'allait pas déroger à son engagement, ils lui avaient fait signer une confession détaillée.

Il y a trois ans, Jim a trouvé cette fameuse confession dans les affaires de sa mère. Déjà sur une mauvaise pente, le voyou a décidé de faire chanter son père pour arrondir ses fins de mois.

Rapidement ses exigences sont devenues telles que le salaire du directeur n'a plus suffi à les satisfaire. Lapointe a donc été contraint de détourner des fonds de la polyvalente.

Lorsque Jean-Marc lui a parlé de la combine qu'il avait mis au point pendant son séjour en France, il a décidé d'y participer. Avec l'argent qu'il comptait retirer de l'affaire, il voulait rembourser la commission scolaire et acheter le silence de Jim de façon définitive.

Si Jean-Marc n'avait pas fait l'erreur de s'acoquiner avec une bande de sans-cervelle, le coup aurait pu réussir.

Je suppose que Murphy veillait au grain…

♥

À l'entrée du satellite d'embarquement à l'aéroport Charles-de-Gaulle, les adieux sont déchirants. C'est trop bête de devoir se quitter après un si bref mais si intense moment de bonheur.

Bien sûr, je promets de revenir à Noël. Bien sûr, Sandrine m'assure qu'elle va économiser son fric et se payer un voyage au Québec le plus tôt possible. Pourtant, nous savons très bien tous les deux que les amours trans-atlantiques ne peuvent pas durer. Les vents contraires, sans doute…

168

Je monte sur le tapis roulant en braillant comme un veau. À travers mes larmes, je vois le premier grand amour de ma vie disparaître lentement. Après un moment, il ne reste plus qu'une silhouette méconnaissable. Ce pourrait être n'importe qui.

Mon cœur me dit qu'au moins le souvenir de notre rencontre ne s'émoussera jamais, mais ma tête affirme que, dans quelques mois, il subira le même sort que cette silhouette qui s'estompe. Impossible de savoir qui aura raison.

Au fond, ce n'est peut-être qu'une question d'hormones, ça aussi...

♥

Je retrouve Paul dans le Boeing. Une jeune femme est penchée sur lui. Tout d'abord, je suis persuadé qu'il a eu un malaise et qu'elle essaie de le réanimer. Sa phobie de l'avion...

Mais en y regardant de plus près, je m'aperçois que Germaine est en train de lui pratiquer une sorte de bouche-à-bouche qui ne figure pas encore dans les manuels de secourisme. Faut croire que les épreuves communes, ça tisse des liens...

Pour combattre la tristesse infinie qui m'habite, je m'efforce de plaisanter:

— Dis donc, le pur esprit; aurais-tu enfin découvert le chemin du septième ciel?...

### NANDO

### MICHAUD

**N**ando Michaud a commencé à écrire pour les jeunes après un long détour par les mathématiques, l'informatique, la peinture, le roman pour adultes et bien d'autres activités tout aussi futiles.

Il écrit sans plan préalable en suivant une technique simple: il place ses héros dans des situations impossibles, puis il cherche un moyen de les tirer de là. Les difficultés s'accumulent d'un chapitre à l'autre et maintiennent le lecteur en haleine jusqu'à l'apothéose finale.

En dépit des embûches, les bons gardent leur sens de l'humour et finissent toujours par triompher. N'est-ce pas la preuve que la littérature n'a pas grand-chose à voir avec la vraie vie...?

Imprimé au Canada

**Métrolitho**
Sherbrooke (Québec)